無聲戲 1938

サイレントオペラ1938

Silent Opera

下

作畫—ALOKI
作者—風花雪悅

Presented by
Feng Hua Xue Yue and ALOKI

無聲戲
Silent Opera

サイレントオペラ1938

1938

目錄

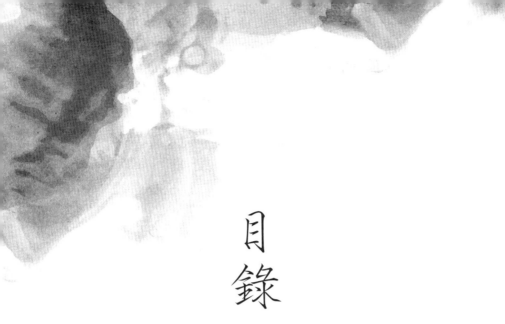

第九章

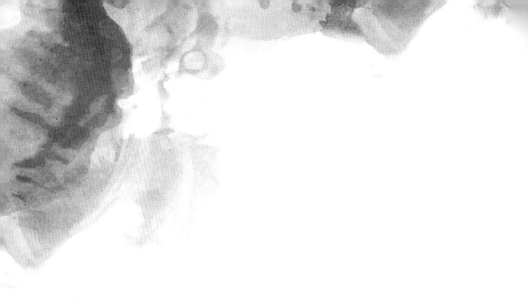

廣州在遭受轟炸時有不少人趁火打劫，轟炸停止後，警察局的第一要務反而是先去解決這些賊匪。這天，白文韜剛剛回到警局，就發現大家都在槍支庫領裝備，原來剛剛收到了線報，一伙打著抗日旗號到處搶掠的賊匪正在茶山附近出沒。白文韜點頭，也穿上避彈衣配槍出發。

「李國強呢？」白文韜突然發現少了一個人。

「他？從轟炸以後就沒見到過他了。」大鵬嘆口氣，「說不定已經……」

「唉，別亂說！」細榮打斷他的話，雖然平常李國強老是欺負他們，但生死大事，總不能隨便掛在口上的，「可能他是看不慣文韜頂了他的位置，所以受不了辭職而已。」

白文韜整理好裝備，「算了，希望他沒事吧。我們走！」

一九三八年的茶山，位置仍然屬於廣州與番禺的交界，與四周的嵩山、黑山、象崗山、鳳凰山連成一片廣袤深幽的山林，如果沒有線報確定位置，要想在其中找到賊匪窩藏點簡直是痴人說夢。白文韜他們接到的線報還是挺可靠的，入山不久，就看見了樹叢掩映裡有一間臨時搭建的磚頭房子。

白文韜幾個跳步攀上一棵大樹，確認了一下屋裡的人數，就向手足打手勢。眾人按照吩咐分散在屋子的四周，一聲令下，四邊人馬同時突入，一陣槍聲以後，就把賊人堵死在屋裡了。

誰知道一個賊人突然像不要命一般就衝了出來，中了好幾槍還使勁亂射子彈。白文韜從樹上跳下來撲倒了他，一翻身把自己藏在他身後，擋了幾顆從屋裡射出來的子彈。白文韜聽見彈用盡的卡殼聲，便推開了那死屍，揚手叫人往屋門圍了過來。

「李國強?!」待白文韜看清了在屋裡對他開槍的人是李國強時，他驚訝地叫了起來，「你瘋了你！有員警不做做賊？」

「我高興做賊就做賊！白文韜你個死雜種沒資格管我！」李國強一邊叫嚷一邊要身邊的人繼續開槍，但那些人見勝負已分，都垂下了手，「開槍啊！你們作反啊！

我叫你們開槍！」

「把他們押回去！」白文韜不想跟他爭辯，只叫手足做事。

「白文韜！你別以為攀上了唐十一就了不起！唐十一那死打靶鬼[1]！漢奸！你們早晚一起死！還要死無全屍、死無葬身之地！」

「打不夠是吧？這麼好中氣！」細榮往李國強肚子打了一拳。

「算了算了，把他們帶回去吧。」白文韜拉住細榮不讓他打人，往後的審問手續也同樣地進行。這群人都是些地痞流氓，被李國強慫恿「亂世才是發財的好機會」就想發一發國難財。除了李國強一直對自己罵罵咧咧，也不算特別辛苦。

但熬到下班的時候，白文韜卻是拖著腳步回去的。升職以後白文韜住到了集體宿舍上一層，單獨住一個居室，所以大伙都在二樓跟他揮手作別，然後只剩他一個慢慢走上三樓。樓道的電燈在轟炸中壞掉了，還沒有時間修理，路燈也是閃閃滅滅的，白文韜長長地嘆了口氣，挨在轉角處的窗口上抽了根菸。

1 廣東話俗語，代指「槍斃」。

其實他一點都不在乎李國強說他攀高枝、靠唐十一上位，但是，他說得對，唐十一這個漢奸是當定了的。他昨天就跟日本人說了要合作，今天又去說服其他老闆服從皇軍重新開市，不管將來戰果是怎樣，都不能改變這個事實。

白文韜在想，他一定不能讓唐十一最後落得個「死打靶鬼」的下場的。

把菸頭捻滅了，白文韜雙手揉了揉頭髮，繼續爬了那半截樓梯，正要拿鑰匙開門，卻發現門沒有鎖，一轉把手就開了。他皺了皺眉，站在門外小心翼翼地推開門，仔細打量著黑乎乎的屋內。

「是我，不用擔心。」

黑暗裡頭傳來唐十一的聲音，白文韜鬆了口氣，走進來開了燈，「怎麼不開燈呢？」

「沒必要開就不開。」唐十一垂首坐在椅子上，一身寶藍色西裝時髦依舊，只是上面似乎有些血跡。

白文韜快步走到他跟前，「你沒事吧？」

「沒事，不是我的血。」唐十一抬起頭對白文韜無力地笑了笑，「我今天殺人了。」

「……十一爺殺人，那人就有非殺不可的理由。」白文韜在他身邊坐下，輕輕揉著他的手臂說：「賞面告訴我理由不？」

「我答應了日本人，兩個月內，讓百業復興、鴉片成行。」唐十一用很冷靜的語氣，很理智地解釋道，「鴉片我可以搞定，但其他的生意行業不能只靠我一個。所以我今天請了那些老闆吃飯，想要勸服他們，但他們都不肯跟日本人合作，還想跟我算賬。我沒辦法，只能殺雞儆猴。」

「嗯。」白文韜一邊聽，替他揉手臂的力度加重了些，也越來越慢，最後就按在他肩上不動了——唐十一在微微地發抖。

「我殺了錢老闆，他已經六十多歲了，沒有妻女，生意也不算做得特別大。他老婆雖然才五十多，但也生病很久了，應該過不了幾年了。」唐十一竭力維持著冷靜理智的語氣，但這些話出口時已經抖成了滿地的碎片。他低下頭，用力捉住白文韜的手，想讓自己不發抖，「所以、所以他是最適合的選擇，我槍法也不錯的，我一槍打死他，他沒有很痛苦……」

「你做的事情不是對的。」白文韜卻打斷了他的話，他托起唐十一的頭，看著他的眼睛說：「就算是這樣，你也知道自己做的事情，不是對的。」

「……我就知道不該來找白先生你求安慰的。」唐十一笑，笑著笑著卻掉下了眼淚來，他一邊笑一邊哭，肩膀抽動得一顫一顫的，「你說得對，無論找多少聽起來正確的理由，我做的事情都不是對的，根本就不是、就不是可以殺人的理由……」

白文韜把他攬進懷裡，「你有沒有聽說過一個故事？如果有兩條鐵軌，一邊綁著十個人，一邊綁著一個人，一輛火車朝綁著十個人的那邊跑，而你可以拉一下手柄，讓火車改為衝向綁著一個人的那邊，那你會不會拉？如果你不拉，那十個人死了也跟你無關，又不是你讓火車衝過去的；但如果你拉了，就算那十個人得救了，那一個人的死卻要你負責。這樣的情況下，你會不會拉那手柄？別人我不知道，但是我會跟你一樣，選擇救更多的人。」

唐十一還是哭，但他也笑，他伸手攀上他的背，抽了一下鼻子說：「十郎，你不會讓我一個人擔這罪名的是吧？」

「十一爺，你又有何吩咐啊？」白文韜看他會說笑了，知道他熬過去了。

「幫我走一趟大連。」唐十一坐直身子，掏出手帕來擦了擦臉才繼續說道，「除了我，有個叫陳思齊的人也想幫日本人搞鴉片。我查過，他主要從東南亞拿的鴉片膏，經水路過來成本很低，只有大連土能跟他比。」

「大連到廣州，都貫穿整個中國了！」白文韜皺起眉頭來，「山長水遠，你運了鴉片過來，他早就霸占了廣州的鴉片生意了。」

「我會從黑市先進一些貨，然後派紅丸[2]，開一些便宜的菸格。那些菸鬼都是窮人，陳思齊搞那高檔的，他們反而不敢去。但是也撐不了多久，所以，一個月之內，你一定要回來。」唐十一突然撲過去摟住了白文韜的肩，一字一頓地說：「你

2 摻雜其他藥物的鴉片丸子。

一定要回來！」

白文韜撫著他的背，笑道：「遵命！」

白文韜出發去大連之前，連夜跑去找周傳希，告訴他這段日子一定要緊跟著唐十一，陳思齊是外國華僑，在黑道上有些勢力，千萬不能讓唐十一被暗殺了。周傳希拍胸口保證如果唐十一少一根頭髮，他就自刎謝罪，白文韜這才放心出發了。

白文韜一路的風險自不必提，唐十一跟白文韜天各一方，除了同樣擔驚受怕著，還要被時不時冒出來的愛國分子扔雞蛋砸磚頭，還有人試圖傷害他，只是都被周傳希攔下來了。只要不驚動日軍，唐十一一般都忍了就算了，他還要「幫忙」廣州的商鋪重新開業，不想節外生枝。

一個月後，廣州的主要街道上的商店基本上都重新營業了，小街小道上也有小販擺攤。而日本人最關心的鴉片生意，唐十一捉那些菸鬼的心思捉得準，又捨得以本傷人，半個月內收穫頗豐，田中隆夫非常高興，就打發了那個叫陳思齊的，叫他不要來搗亂「市場秩序」。陳思齊只能咬咬牙，跑到香港去搞鴉片生意了。

在一個月零十日以後，白文韜也終於回來了。唐十一收到電話就立刻趕到天字碼頭去，那時候白文韜已經指揮著工人把鴉片搬上岸，有十來個人在拿著槍警惕四周，唐十一認出那是惡虎他們。

「白文韜！」

唐十一一下車就跑了過去，直跑到他跟前才一下急煞停下來。他捉住白文韜上下打量了一番，又把他轉了個圈，白文韜笑道：「行啦行啦，沒缺胳膊少腿，完完整整的！」

「那就好。」唐十一也不問他為什麼延遲了十天，他盯著白文韜的臉說：「回來就好。」

「嗯。」白文韜點點頭，「我回來了。」說罷，他又朝跟在後頭的周傳希打了個招呼，「周營長好！」

「哈！」周傳希沒好氣上前捶了他一拳。

大連到廣州的道路被白文韜打通了以後，從大連到廣州的鴉片運輸就順暢了，如之前所承諾的，唐十一跟日本人合作的鴉片菸館「福元堂」，三十家分館全部開業了。

開業當天，唐十一邀請了田中隆夫跟他一起在越秀總館前剪綵，有幾個報社跟一些安排好的觀眾來助興，場面看起來還真像那麼個慈善共榮的美好合作關係。白文韜帶著一隊人在現場守著，名義上是維持秩序，其實就是來保護唐十一的。

舞龍舞獅的師傅正跳得風生水起，突然那獅頭往唐十一面前一送，口中吐出幾片碎生菜，田中隆夫一驚，以為是什麼鬧事的，唐十一笑著解釋這是廣州的習俗，生菜寓意「生財」，不是什麼晦氣的事情，田中隆夫這才放心坐回去看表演。

白文韜穿過人群，站到了唐十一旁邊，彎下腰來跟他說表演時間比平常長了，唐十一正想說話，突然那獅子來了個擺尾，那舞獅尾的師傅往唐十一這邊一跳，竟然跳了出來，一把匕首就往唐十一胸口刺了過來！

白文韜眼明手快，一把揪住那人的手臂把他摔了開去，周傳希同時撲上打飛了他的匕首。按理說這犯人已經被制服了，但白文韜卻像發瘋了一樣使勁揍了那人十幾拳，直打得那人血流滿面，牙齒都打落了好幾顆，唐十一叫他住手他才停住了手。

「豈有此理！竟然敢來福元堂鬧事！你當我堂堂一個督察是死的啊！把他拷上！帶你回警察局再慢慢修理你！」白文韜又甩了那人兩個巴掌，這才把他丟給自己的手足，然後向田中隆夫做了個揖，「田中大佐，十一爺，讓你們受驚了，真不好意思。這些人我會捉回去好好教訓，一定不會再有這種事情發生了。」

田中隆夫皺著眉頭看了白文韜一會，才跟唐十一說道：「唐老爺，這人是來刺殺你的，你說怎麼處置就怎麼處置吧。」

「那當然是讓員警捉起來了，我唐十一不會濫用私刑的。」唐十一揚揚手，「白警官你把他們帶走吧。」

「是！」白文韜回頭叫手足把全部的舞龍舞獅隊都捉了回去，說是要查有沒有同黨，結果當然是捉回去鎖了幾天就放出來了。

周傳希不解地問白文韜幹嘛把他們放了，白文韜回答道：「他們不是被人收買來殺唐十一的，只是覺得唐十一他是漢奸，就想替天行道。我跟他們說，有種你們去當遊擊隊，去殺日本人，你殺了一個唐十一，還會有張十二李十三，只有日本人死光了才不會有漢奸。他們好像也不是那麼冥頑不靈，應該會消停一會的。」

「我看你下手那麼狠，還以為你想打死他呢！」周傳希領悟過來了，「原來你是想救他們。」

「現在這種時勢，何必為難自己人？」白文韜把沏好的普洱斟了一杯給周傳希，「偷得浮生半日閑，咱們別說大事了，來，喝茶喝茶！」

「我要是有你一半不在乎就好了。」周傳希接過茶來喝了一口，「從前我打仗，不管對方是好人還是壞人，只要上級下命令我就打。可是現在不是打仗，我打的都是平常人，而且很明顯，他們是好人……」

「你覺得唐十一是壞人？」

「那也不是，但，就是說不上來。」周傳希看了看白文韜，「說起來，你跟司令怎麼突然好得那麼要緊？雖然說他幫過你，但你也幫了他不少忙啊。」

「做兄弟的，哪能計較誰幫誰比較多呢！」白文韜覺得還是別嚇著周傳希比較好。

「我可不幹，親兄弟都得明算賬呢！你還欠我一顆子彈！」

「哎呀呀，怎麼翻舊賬了！」

兩人在茶樓裡吃喝說笑，突然樓下來了一輛軍車，「唰啦啦」地下來幾個皇軍，把他們圍了起來。

「白警官，周先生，」一個皇軍生硬地說道，「大佐請你們到憲兵部一趟，請上車。」

白文韜跟周傳希互看一眼，這口安樂茶飯，看來是吃不完了。

日軍軍車載著白文韜跟周傳希來到憲兵部門口，兩人剛下車，就看見田中隆夫迎面走來，「白警官，周先生，幸會幸會。」

「田中大佐，你客氣了。」白文韜點頭哈腰地跟田中隆夫說道，「有什麼吩咐讓人跟我們說一聲就可以了，不用勞動你親自來請啊。」

「白警官，你的戲很假。」田中隆夫說著，轉過頭去看周傳希，「周營長，久仰大名，可惜現在你連軍隊都沒有了，沒機會跟你在戰場上正式較量了。」

「要跟我較量，單人匹馬也隨時奉陪。」周傳希瞇了瞇眼睛，被白文韜拉了一把才住了口。

田中隆夫無所謂地笑了笑，說了一句：「跟我過來。」就轉身大步往校場走去。

白文韜跟周傳希都皺眉了，上校場代表什麼他們心中明白。周傳希拿手肘撞了白文韜一下，「你還記得你欠我一顆子彈不？」

「得，待會還你。」白文韜聳聳肩，「只能打腿上啊，還得打個對穿，千萬別卡骨頭裡，那得痛死我。」

「我只怕他不只是要我們分勝負，還要我們定生死。」周傳希在奉天的時候見識過不少日本皇軍的做法，美其名曰「欣賞中國的格鬥技」，其實就是逼迫戰俘互相殘殺，這樣他們就不觸犯國際戰俘條例了。

「我們命硬，哪能這麼容易死。」白文韜笑嘻嘻地回話時，兩人已經到校場了。

「白警官，聽說你是廣州的神槍手，我們來比試一下如何？」田中隆夫讓人拿了兩把槍過來，二話不說就抄起一把，對著距離他們三十米遠的靶子連開了五槍。白周兩人沒有心理準備就被那槍聲轟了一陣，難受得皺起眉頭來掩住耳朵。

一個小兵數了靶，報告道是四槍紅心，一槍壓著紅心的線。田中隆夫得意地笑了笑，向白文韜做了個請的手勢。白文韜拿起槍來掂了掂，「大佐，我們這是切磋呢，還是打賭？」

「有區別嗎？」田中隆夫皺眉道。

「如果是打賭的話，會更拚命一些。」白文韜笑道，「不知道田中大佐賭不賭得起？」

「有什麼賭不起的？」田中隆夫說：「如果你能打出五槍紅心，我就給你一千塊的軍票，再加一把新式自動手槍。」

「自動手槍就不必了，如果我能打出五槍紅心，請大佐答應我一件事就好了。」

「什麼事？」

「不要讓中國人打中國人。」白文韜朝周傳希偷笑一下。

「好，我答應你，如果你打出五槍紅心，遊擊隊以後都不用你們捉。」田中隆夫的笑容變得陰沉了起來，「但如果你打不出，就請白警官以後多替皇軍費心了。」

「哪裡的話，能夠跟皇軍友好合作，白文韜求之不得。」白文韜把槍拋上手，拉下保險，對上了槍靶。

不知道是自己心理作用還是別的，白文韜覺得那靶子好像比剛才遠了一點。他低頭把眼睛四周的汗擦到衣服上，定神看了看，突然，他朝旁邊的靶子開槍。那靶子距離他們的位置起碼有五十米，白文韜連發五槍都不帶歇的，打完了以後，他轉過頭來對一臉鐵青的田中隆夫笑道，「我們沒說過是打哪個靶對吧？」

「去數靶！」

田中隆夫對手下喝道，那小兵急忙跑過去又跑回來，「大佐，紅心不見了。」

「什麼?!」田中隆夫大驚，扇了那小兵一耳光，「什麼叫紅心不見了！你瞎了！」

小兵哭喪著臉連連鞠躬，「大佐，那紅心真的不見了。」

「胡說八道！」

「大佐，」白文韜勸道，「我們過去看看就知道了，何必為難這些小的？」

「好，我們過去看。」田中隆夫咬咬牙，跟他們一起走過去查看。

只見那五釐米厚的木靶子中間穿了一個洞，不多不少就是一個子彈左右的形狀，田中隆夫皺著眉頭疑惑不解的時候，周傳希眼尖，撥開了木靶子後頭的一叢雜草，對他們喊道，「在這裡呢！」

田中隆夫跟白文韜走過去，低頭一看，只見五顆子彈一顆疊著一顆地擠壓成了一串的鐵疙瘩，最開頭那顆子彈尖兒上頂著一小塊紅色的木屑，而前頭是一些碎了開來的木片。原來白文韜那五槍都打在了紅心的同一個位置上，衝擊力太大，把靶心都打飛了。

白文韜撓了撓耳邊的頭髮，但也無法掩飾自己得意的神情，田中隆夫拍了幾下手，「白警官果然名不虛傳，我們日本人願賭服輸，從今天起警察廳不用再負責捉遊擊隊的事情，一千塊的軍票待會也會送到府上。」

「謝謝田中大佐！」

「周營長，」田中隆夫轉向周傳希，「今天我狀態不佳，哪天有機會了，我也想領教一下廣州散打王。」

「大佐，我雖然不是什麼營長了，但我還是唐老爺的人，除非主子下命令，要不我不會跟你打的。」周傳希這回不用白文韜拉了，他拱了拱手，拒絕了這番挑釁。

田中隆夫扯著嘴角笑了笑，「好，果然是軍人作風，來人，送兩位回去。」

白文韜聽到這句話時心裡才真的鬆了一口氣，他也學周傳希那樣那手肘撞了他一下，「我們去把那頓茶喝完吧。」

「好，你結賬。」

唐十一剛在商會開完會，就聽說白文韜跟周傳希被人捉去憲兵部，心一下子就提到了嗓子眼。正考慮怎麼把人救出來，就接到方曉芬的電話，告訴他兩人都平安回去了，田中隆夫只是叫白文韜來鬥槍，以及因為舊怨而奚落一下周傳希而已。唐十一這才知道是一場虛驚，但也抵不住心裡頭的牽掛，知道白文韜跟周傳希在聚緣樓喝茶以後，他就趕過去了。

唐十一前腳踏進聚緣樓，白文韜和周傳希就整齊地向他敬了個軍禮，「唐司令好！」

唐十一哭笑不得，「你們還鬧！嚇死我了！」

「哎呀，十一爺還有怕的東西！真難得！」白文韜笑了，三人走到雅座上，唐十一自然地往白文韜身邊坐下，「你要吃什麼？」

「不用了，我來看看你們有沒有多個子彈窟窿而已。」唐十一朝白文韜翻個白眼，轉頭問周傳希，「他惹事生非，你也攙和？」

「這回可真不關我們的事啊司令！」周傳希大喊冤枉，「是那個田中隆夫無緣無故來請我們的，我們不能不去。」

「其實也不是無緣無故的。」白文韜倒了杯茶給唐十一，「他肯定是看出來福元堂開業那天我是故意打人，所以特意來為難我的。難為周營跟我一起挨他的冷嘲熱諷了。」

「你為了讓警察廳不用捉遊擊隊，不用中國人打中國人，都捨了面子去跟他點頭哈腰了，我受兩句奚落有什麼關係？」周傳希大大咧咧地「哈哈」笑了兩聲，夾了一個南瓜餅給白文韜，「我從第一次見你就知道你這人有火氣，果然是這樣。」

「我哪有火氣，我明明是很溫文儒雅的人啊！」白文韜剛說完，唐十一便「噗哧」一下笑了，他就皺起眉頭來看著他道：「我不是嗎？」

「你穿起西裝來確實可以裝一下公子哥兒的。」唐十一抿著嘴唇笑。

「就算穿得像爛仔我也能舞文弄墨啊！」白文韜反駁道，「你不是還討過我的字，還裱在家裡了？」

「人家周營長說你有火氣，是說你有膽識，你急著撇清幹什麼呢！」唐十一把話頭扔給周傳希，「周營長，你說是不是啊？」

周傳希卻處在一個發愣的狀態，待唐十一問話他才木然地點頭道：「司令說是什麼就是什麼吧。」

「不公平！你們兩個欺負我一個！」白文韜一邊嚷嚷一邊就收了唐十一的杯子，「不跟你喝茶了！」

「多大人了你！還鬧！」唐十一瞪他一眼，白文韜才笑嘻嘻地把杯子還他。

「司令，」周傳希突然很認真地打斷了他們的玩笑話，「我問個問題，你要是不想回答也可以不回答。」

兩人聽周傳希那認真的語氣，不由得正襟危坐起來，唐十一甚至都想好了要是他現在說想要解甲歸田他要怎麼應對了，「嗯，周營長你說吧。」

「白文韜是你姘頭嗎？」

「噗！」

白文韜一口茶水全噴了出來，一邊嗆得直咳嗽一邊笑，而唐十一則低著頭笑得肩膀一抽一抽的。周傳希看他們那麼大反應，以為自己問錯了，「啊？不是嗎？我看你們挺像那麼回事啊。」

「姘頭，你營裡都是你姘頭！」白文韜越過桌子來打周傳希的頭，「我們可清白了！」

「那你們不清白的時候記得告訴我啊！」周傳希一邊躲他的打，一邊還不忘回嘴。

「我揍死你！」白文韜當下跳了過去跟周傳希在地上「打」了起來，掌櫃以為他們是真打架，連忙上前勸架：「兩位客人冷靜點！」

就唐十一一個在一邊看得拍大腿大笑不止，最後周傳希跟白文韜也掐著對方的脖子笑了起來。

這場糊塗架打完了，三人好好地吃過飯，就各自回家了。白文韜本想跟唐十一多聚一會，但唐十一說他今天開會很累，想回家休息，於是他也不用他送了，揮揮手跟他道別就自己走了。

唐十一看他那麼乾脆地放棄了，也不多糾纏一會，不禁有點生氣。加上剛才他對周傳希的話採取那樣模糊不清的態度，也讓他有點不高興。

他知道白文韜是維護他的聲譽所以才隱瞞，但周傳希是他的人，是可以信任的人，為什麼也不能告訴他？

唐十一突然開始懷疑自己是不是會錯意了。沒錯，白文韜說他會陪著他，但是這種「陪」到底是什麼意義上的「陪」？

生死之交、患難知己，還是白髮相攜、執子之手？

白文韜是個性情中人，聽戲聽得入神了可以跟著戲裡的主角一起哭一起笑。他入了那一場鏡合釵圓的戲而答應和他生死相交，但那可能只是心靈上的相知相付，跟情愛情欲半點也不搭邊。

可是，他始終是在自己身邊的，這不就行了嗎？

唐十一勸自己不要想太多，不就是一句玩笑話嗎？

可他還是一想到白文韜反罵周傳希的話就煩躁，他讓劉忠掉頭去了附近的藥房買了些安眠藥，這才回家去，一進屋就吩咐權叔道：「這幾天如果白文韜打電話找我，說我出去了或者睡了，我暫時不想見他。」

第十章

一九三九年二月十九日，日軍占領廣州後的第一個新年。

無論好歹，年都是要過的，就像給一個句子畫上句號一樣。且不論畫完以後是不是還要繼續寫下一句，反正這一句完結了，好的就當回憶，不好的，還可以展望將來。

唐家的新年過得也不馬虎，該有的做派一點也不節省，商會的老闆們一堆堆地來拜年，也讓人丁單薄的唐家顯得熱鬧了些。大年初一的晚上，唐十一包下了百樂門來宴請整個廣州城的老闆，自然，日本皇軍裡有頭臉的人物也都在邀請之列。一時觥籌交錯衣香鬢影，好像廣州還是那個廣州，飯照開，舞照跳。

日軍入據廣州的時候，田中隆夫搜刮來的錢財不過爾爾。但自從唐十一著手打理，到如今半年時間，上繳皇軍的稅收就漲了四成，田中隆夫自然高興作這宴會的嘉賓。唐十一還特意安排了歌舞伎、三味線等等的日本特色表演，「雖然是在中國過年，也希望田中大佐能把這裡當作自己的家，新的一年還是大家互相關照，共同繁榮。」

田中隆夫對唐十一這番話非常受用。酒過了三巡又三巡以後，唐十一拍拍手，只見在臺上表演的風騷舞娘們整齊地退下了，卻上來了二三十個身穿和服的小孩子，年齡在六七歲到十二三歲左右。他們排好隊以後，一個同樣穿著和服的女子走到前面，朝觀眾鞠了個躬，就轉過身，指揮起小孩子們唱歌。

那稚嫩的童音整齊而發音標準地唱出來的，卻是日本的民謠《四季歌》。日本歌樂特有的哀涼淒切讓本來酒酣耳熱的場面冷靜了下來，因為虛浮的熱鬧而生起的幸福假像也瞬間被無情地揭穿。

不同了，一切都不同了。連新年的時候大家要聽的音樂都不再是熟悉的語言了，一切怎麼還會一樣呢？

大家的臉色都沉了下來，包括田中隆夫等日本人，但他們跟其他人黯然的原因卻不一樣。他們是真的思鄉了，思念他們遠在日本的、大概也跟這些小孩一樣年歲的孩子了。

一曲《四季歌》完了以後，女指揮轉過頭來，用日語說了一段「謝謝觀賞，祝各位新年快樂」之類的賀詞，就鞠了躬。田中隆夫沉默地伸出手，緩緩地鼓起掌來，其他日本軍官也隨之猛烈地鼓掌。

唐十一朝那女指揮做個手勢，女指揮就帶著那群小孩子跑下臺去。他們每人手上都拿著一支花，分別送到那些軍官手裡，還用日語向他們說了新年快樂，又鞠躬了，才跑回後臺去。

田中隆夫拿著那花，臉上難得地浮現出苦澀的神情來，他朝唐十一說：「唐老爺，我來中國差不多兩年了，收過的禮物不勝其數，但你這份禮物，比他們的都讓我開心。」

「這些小孩子都是孤兒，我把他們收容在福元孤兒院裡，教導他們日本文化，他們長大以後才能更好地為皇軍服務。」唐十一讓人斟了紅酒給他，「不過我一個人的財力有限，孤兒院快滿員了，再也不能收容更多的孤兒了。」

「那些孤兒無父無母也很可憐的，」田中隆夫皺眉道，「難道不可以擴建孤兒院嗎？」

「大佐，我唐十一也不是聖人，養不起就是養不起，我也不想這樣的。」

「唉，那多可惜了，教導他們日本文化，認識我們大日本的忠孝仁義，這是多麼的重要！」田中隆夫嘆息道，「不過我也知道唐老爺的難處，唉，只能說時勢就是這樣，怨不得別人。」

唐十一附和了兩句，才試探著說：「其實我有一個兩全其美的方法，既可以繼續傳揚日本文化，也不會影響唐家上繳皇軍的稅款，大佐願意聽一聽嗎？」

「哦，說來聽聽？」

「現在這批小孩子已經學習了半年的日語，我打算把他們送到澳門或者香港去，讓他們在那邊繼續學習，然後福元孤兒院就再收容一批新的孤兒，教導好他們，然後再送過去。這樣做就能把日本文化廣泛地傳播開去，不只局限在廣州了。」

唐十一笑得眉眼彎彎地朝田中隆夫問道：「大佐，以後你帶日本皇軍的高層到香港或者澳門去玩，一下車就有人跟你說こんにちは[3]，足可以證明你是多麼完整

3 日文招呼語，意同「你好」。

地『收復』了這片土地，而不是單純的占領，對不？」

「好提議！」田中隆夫拿起酒杯來跟唐十一碰杯，「唐老爺果然是讀書人，比我們這些軍人會想多了！就這麼辦，我回去馬上給你出入證。不過，只能讓小孩子去，大人不能去。」

「大佐放心，只有剛才那個穿和服的女孩子跟他們一起走，小孩子總要有個人照看著，到了那邊她會繼續教導他們日本文化。」唐十一跟田中隆夫達成共識，喝過一杯以後，又起哄讓全場一起舉杯慶祝，又回到那喜氣洋洋的歡樂場面了。

宴會直到深夜兩點才慢慢散去，唐十一親自送了田中隆夫上車，又反覆提醒他明天去拿出入證後，才讓他醉醺醺地坐著軍車離開。

唐十一看著那車子離開，鬆了一口氣。他捏了捏眉心，總算過了一關了。

「十一。」身後傳來熟悉的聲音，唐十一轉過身去，就看見白文韜慢慢向他走來，手臂上搭著一件毛呢大衣，手一揚，把唐十一裹了起來，「天氣冷，多穿點衣服。」

「在裡頭很熱，沒關係。」是唐十一叫警察廳來維持秩序的，當然就做好了見到白文韜的心理準備，他掖了掖大衣穿好，「你們搞定了沒有，我請你們手足一起吃個夜宵？」

「不用了，你讓他們趕緊回去睡覺好過。」白文韜搖搖頭，「明天他們還有任務，有消息說明天有一批走私貨要到岸，也不知道是什麼，到時候有得忙呢。」

「那你也回去休息吧，我送你回去。」唐十一說著就拽著白文韜上了車。

「哎，我……」白文韜本來還想跟唐十一說一會體己話，可被他拉了上車，前頭還坐著劉忠呢，就只好挑那些不癢不痛的話來說了，「你忙了好幾個月，辛苦嗎？有沒有犯胃痛？」

「年關難過年年過，誰都是這麼熬的。我還好，總沒有那些窮人辛苦。」唐十一笑笑，「你知道不，我剛才已經說服了田中隆夫，他答應給我出入證，我可以把現在福元孤兒院的孩子全送去澳門或者香港了。」

「全部？」福元孤兒院少說也有兩三百個孤兒，唐十一居然能說服田中隆夫讓他們全部出境？白文韜也不是第一次見識唐十一的計略，卻還是不得不佩服，「十一爺，你真是讓人不得不喊你一聲爺呢！」

「那是當然的。」唐十一笑了笑，可笑過以後兩人竟是都沒了言語。白文韜伸過手來，握住了唐十一的手。

唐十一垂下頭，目光定在兩人相握的手上，臉上的表情看不出喜憂悲戚，他就那麼看著看著，然後用力地反握了過去。

白文韜偷笑一下，別過臉去看窗外，只有那交纏的手指在跟唐十一較勁地爭鬥著，你絞我來我捉你，最後皆大歡喜地成了十指緊扣的手勢，唐十一才終於老實了，安安穩穩地讓他握著，哪怕掌心都是潮熱的溼度。

唐十一平日舉手投足都是老爺做派，行事手段毒辣又圓滑，世故得很容易讓人忘記他只有二十一歲，也只有跟白文韜相處的時候他才會在無意間流露出孩子氣的舉動，讓自己放鬆一會。他握著白文韜的手，覺得今晚喝的酒全都跑到腦袋上了，醉得他發暈。

沒多久，車子就到南區員警宿舍樓下了。白文韜下了車，卻扒著車門叫唐十一下來，「十一爺，你下來一下。」

唐十一皺眉道：「為什麼？」

「你下來，我有事跟你說。」白文韜鑽進半個身子來拉唐十一下車，「你下來嘛，就一會兒！」

唐十一拗不過白文韜，只能下車了。一下車白文韜就拉著他跑到了宿舍樓的樓梯過道底下，黑乎乎的，連路燈的光都照不進來。

唐十一皺著眉頭問：「你到底要說什……麼……喂！」

「嗯？」白文韜手臂一張就把唐十一抱了個嚴實，把頭擱在他肩上懶洋洋地回了一聲。

「站好說話。」唐十一推他一把，沒推開。

「你還有跟我說話的打算嗎？」白文韜一邊說，一邊慢慢地替唐十一掃背，「我知道你在躲著我，可我不知道你為什麼躲我。你不說，我就不問，可是我希望你知道，我不怕被你拖累。我白文韜沒什麼怕的，最怕的就是看著自己喜歡的人在受罪，自己卻什麼都做不了。我經歷過一次了，你不要讓我經歷第二次，好不好？」

唐十一越發覺得酒氣上頭，全都往眼睛沖了，眼眶痠澀得難受，腿腳也軟得幾乎要站不住了。他扣住白文韜的肩，這才沒讓自己往地上坐下去，「你喜歡我嗎？」

「喜歡啊。」白文韜實誠地點頭，「我喜歡你啊。」

「像、像喜歡小桃那樣喜歡我？」唐十一知道自己這個時候提起小桃是多不合適，但也只有這個問法，能解決他鬱結在心裡的疑慮。

「不是。」白文韜也很實誠地搖頭，「比喜歡小桃更多了一種奇怪的感覺。」

「喜歡我有什麼奇怪的？」唐十一往他背上捶了一拳。

「哪裡都奇怪。」白文韜笑了，捉住他手臂把他拉開來，「奇怪得讓我自己都不清楚自己了，卻能無比清楚你。」

「你清楚我什麼了？」唐十一在心裡苦笑，你連我為什麼躲著你都不知道。

「我清楚你一點都不清楚我。」白文韜這話跟繞口令一樣，酒氣上頭正暈乎的唐十一一時間繞不過來，只能愣著看他，可幸黑暗之中白文韜看不見他這個發傻的樣子，「我不怕被人知道我喜歡你，我是怕你不想讓人知道。」

「……」原來他知道。

「等我們不清白了的時候，我就去告訴周傳希。」白文韜笑道，「現在我們的確很清白嘛。」

唐十一幾乎就想把腿給他繞上去打破這清白了，「不行……我明天一早要去拿出入證……中午要去孤兒院，晚上要去商會……後天，後天我……」

「跟你開玩笑呢！」白文韜哭笑不得，拍了拍他的臉，就拉著他走出來，送他上車了，「別擔心，我總在你身邊的。」

「文韜！」車子關門前，唐十一叫住了白文韜，「我從來沒有擔心過你會不在我身邊，從來沒有。」

「嗯，知道了。」

初一的新月不見一絲光亮，少了淒清的夜色，映入唐十一眼中的，只有橘黃色的路燈下，白文韜溫暖的笑容。

翌日中午，唐十一拿著三百張出入證來到孤兒院，吩咐他們事不宜遲，就坐今晚的渡輪到澳門去。他對那個在晚會上當指揮的女孩趙玉瑩吩咐道：「趙老師，這些孩子就拜託妳了。要是我打電話過去確認人數時少了一個，唐十一天涯海角都會把妳捉回來。」

「十一爺請你放心，說好了只送我一個出去，組織不會……」

「我不認識什麼組織！」唐十一打斷趙玉瑩的話，「妳會日文，我剛好需要一個日文老師，所以我請妳到孤兒院來教日文，就這樣而已。」

趙玉瑩點點頭，「是，我不會再亂說話了。」

唐十一拿出一個厚厚的油紙包遞給她，「這裡是三百張出入證，我要三百個小孩安然無恙地到達澳門孤兒院。如果妳敢私自把出入證給別人，我保證妳會死得很慘。」說罷，他才從口袋裡拿出另一張出入證，「這是妳的。」

「十一爺，你不用對我裝出這種口吻的，我明白的。」趙玉瑩收好了出入證，「我會教好那些小朋友，讓他們知道，學日文不是因為我們怕日本人，而是要知己知彼，將來才能百戰百勝。」

「難得妳一個女孩子也有這樣的抱負，我自然是欣賞的。」唐十一拍了拍她的肩膀，「一路小心。」

「十一爺你也是，」趙玉瑩看了看四周，靠在唐十一耳邊悄悄說：「我收到了組織的電報，日軍將會轟炸汕頭跟重慶，以後你在那邊的朋友也許幫不上你了，你要自己小心。」

「嗯。」唐十一點點頭，突然伸手把趙玉瑩摟進懷裡，頭一低，吻了她一下。

趙玉瑩愣了一下，隨即明白過來，一動也不動地讓唐十一親吻。

片刻後，唐十一放開她，笑著拍拍她的臉，「妳還挺聰明的，沒有馬上甩我一個耳光。」

「日本人怎麼會不搞清楚我的身分就放我出去呢？」趙玉瑩笑笑，「十一爺的小情人，這個名頭承蒙十一爺賞賜了。」

「哈哈，小情人，我去找院長聊兩句，妳給我去沖杯茶來吧。」

唐十一既找到了名目把孤兒送去港澳，以後每個月上繳稅收的時候，他都會向田中隆夫索要出入證。有真金白銀送到手，送出去的那些孤兒又都會甜甜地用日文跟他撒嬌，田中隆夫自然高興，可他也覺得奇怪，「唐老爺，你怎麼總是能找到日文老師來教他們呢？廣州竟然有這麼多懂日文的人？」

「那當然不是，有一些是我從佛山跟香山那邊找過來的。要是以後再缺日文老師，我可能得從上海大連那些地方找了。」唐十一說，「其實我們也可以讓日文老師教一些青年學生，他們的學習能力比小孩子快，學會了就去教小孩子們。大佐，你看，我們建一個日文學習館怎麼樣？」

「好是好，但我怕那些青年學生不會買你的帳。」田中隆夫露出個嘲笑一般的表情，「唐老爺，你還是別去招惹那些年輕人了，要不他們把你打死了，我們皇軍就會失去一個重要的朋友了。」

言下之意是信不過那些青年學生了。唐十一也不堅持，只笑了笑，就告辭了。其實田中隆夫說得對，唐十一如今出門，不帶上十來個保鏢都覺得自己隨時會被人扔石頭——他曾經殺過日本人也好，他是四大家族裡唯一還留在廣州的也好，他讓廣州的商業以最快速度恢復也好，他救了幾百幾千個孤兒也好，都改變不了他賣鴉片荼毒國人跟勾結日本人當漢奸的事實。

有時候路經黃花崗，他都會想將來自己是不是會被人塑個像跪在門口，每個人進公園之前都要向他吐一口口水呢？

然後他就會想起白文韜那個無聊打賭，「即使是被人吐口水，也是吐我的比較多吧？」笑著搖頭離開。

自從跟白文韜解開了心結以後，唐十一又能開開心心地跟他看戲吃飯、聊天說笑了。有時候說到高興處，也不管是在茶樓還是自己家，都會端起嗓子來扯上一段戲，白文韜還好，唐十一那清冽的嗓子一扯起來可就要驚飛四鄰的客人了。於是關於兩人的流言蜚語也慢慢傳了開來，說唐十一玩女人玩膩了，開始學別人玩倌兒，可惜廣州淪陷了，哪還有像樣的角兒待在廣州呢，於是就不知道從哪裡的草臺班子裡翻了白文韜的牌子，玩起了顛鸞倒鳳的戲碼。

周傳稀有事沒事就來八卦：「你們現在到底清白不清白啊？」

白文韜就一邊把叉燒包塞他嘴巴裡一邊說：「你跟我清白我就跟唐十一清白！」

白文韜跟唐十一依舊只是心靈上的互相支持，除了牽手擁抱，再沒有別的逾矩行為。也不是故意抗拒，總之他覺得現在這樣很好，並沒有刻意要跟唐十一增進什麼關係，唐十一要顧慮的事情已經很多了，他不希望他再顧慮上他。

一九三九年三月，汕頭日軍大敗；四月，日本天皇表弟等六人被八路軍活捉。連番的失利讓日軍大發雷霆之餘，也開始了疑神疑鬼，但他們的關卡哨崗設得極其謹慎，沒有出入證一概不能通行，即使有間諜，也無法往外通傳消息才對。

田中隆夫在憲兵部坐了一個上午，緊皺著眉頭思考昨天軍事會議的內容：務必揪出廣州城內的間諜，否則這個位置就要換其他人來坐了。

其實田中隆夫第一個懷疑的就是唐十一，這幾個月來，只有他每次借著送孤兒出境的時候讓一個老師跟著離開，如果間諜要離開，只有他能辦得到。

可是他又捨不得唐十一每個月上繳給他的五十萬元，要是殺了唐十一，誰還能主持廣州這個大局呢？

他深呼吸一口氣，終於還是拿起了電話，「二階堂中佐，去把唐十一捉回來。是，捉回來，以懷疑他是間諜的名義把他捉回來！」

二階堂中佐帶著一隊憲兵衝進萬匯公司的時候，唐十一正在聽何會計埋帳。門被踹開、一群人殺氣騰騰地湧進來時，他還是頭也不抬一下地繼續問何會計：「江老闆的數呢？不是說好月尾結的嗎，為什麼只有這點數目？」

「江、江老闆開的是期票，下個月十號就能兌了，是、是花旗銀行的，能信得過……」何會計被那些人嚇得結結巴巴的，「十一爺，我是不是先迴避一下比較好？」

「迴避什麼？每月月頭就要交稅給皇軍，你理的這些帳，都是給大日本皇軍的數目，二階堂中佐自然有權可以監督我們。」唐十一這才抬起頭來對二階堂笑了笑，「中佐，怎麼今天這麼有閒情逸致來萬匯作客？」

「把他捉起來！」二階堂沒興致像他的上級一樣裝風度，「唐十一你背叛皇軍，給敵人當間諜，我奉大佐命令捉你回去！」

「放手！」唐十一喝退了上來拉扯他的憲兵，「中佐，小心你的用詞。請我回去搞清楚事情沒關係，我很樂意，但你要是動手動腳，嚇到了我這正當商人，病個十天半月，那麼的話，」唐十一把桌子上的帳本抄了起來用力砸到二階堂腳邊，「這個月整個廣州商會的稅收就麻煩你去搞定了。」

「唐十一！你別這麼囂張！」二階堂瞪著眼睛，卻是不敢對唐十一動手，要知道那筆稅收裡頭有一成是他的。

「十一是個生意人，講的只是有來有往，你敬我一分，我就還你一分。」唐十一撣了撣西裝外套，站了起來，「大佐相請，我自然會去，用不著拉拉扯扯。」

二階堂朝憲兵們扭了扭頭，他們就讓了開來。唐十一大步走了出去，上了軍車。

萬匯頓時陷入一片恐慌。

軍車進入了軍事區，可這次請唐十一去的地方不再是田中隆夫的辦公室，而是陰沉灰暗的地下監牢。二階堂把唐十一帶到了其中一間，打開門，「你進去，大佐要親自來審問你。」

「最好不過。」大鬼容易處理，就怕小鬼難纏。唐十一也不介意，大大方方走進去，靠在牆壁上抽了根菸出來，「可以抽個菸不？」

「隨便你。」

二階堂看唐十一氣定神閑，怎麼看都不覺得他會是間諜——如果日本戰敗，他這頭號漢奸豈不是第一個被綁起來斬首示眾的？因此田中隆夫下命令的時候他也反覆確認了是「捉」，不是「請」。

但是皇軍最近的各種失利也是事實，二階堂想，大不了就殺了唐十一，另外找一個人去賣鴉片好了，有利益的事情不怕沒有人做。

「大佐，唐十一在監牢裡了。」二階堂去跟田中隆夫彙報，一進房間，就看見幾個人在擺弄一些竊聽器材。

「嗯，待會我去審問他，你們就在旁邊看，不要動手。」田中隆夫又吩咐了那些人幾句，才跟二階堂到地牢去見唐十一。

唐十一一見田中隆夫就皺起眉頭表示不滿，「田中大佐，有什麼誤會我們就好好講清楚，用不著又拉又鎖吧？」

「唐十一，你老實交代，到底你送出去的那些日語老師是不是情報間諜！」田中隆夫卻是毫不客氣地叱喝道，「我們收到可靠的情報，有情報間諜混在這其中，直接導致我們軍隊最近的幾次失利！」

「什麼情報間諜？情人倒是有！」唐十一也跟著大聲了起來，「第一次送出去的那個小姑娘，你見過的，叫趙玉瑩，我玩膩了就把她送走了。第二次送出去的那個黃老師，雞皮鶴髮的也能搞情報？你不如說在憲兵部掃地的阿姨是間諜啊！第三次送出去的那個男人叫金榮，青靚白淨的，仗著自己會念幾個日文在那裝文化人，整天纏著白文韜，我看他不順眼就把他一併踹了！還有那些我就不講了，反正大佐你一句話，你覺得這些人哪個背景是有可疑的？我馬上把他捉回來，親自送他去萬人坑！」

「你跟我鬥大聲是沒用的！」

田中隆夫突然一軍棍打到唐十一頭上，唐十一斷沒想到他會動手，一個踉蹌撞到牆上，血一下子就冒了出來。他咬著牙捂著傷口，壓住心頭的怒火繼續開口道：「田中大佐，你今天不是來審問我，你根本就已經認定了我。既然如此你還說什麼審問！直接把我送去萬人坑一顆子彈解決我啊？一邊裝民主審問，一邊就想屈打成招，用我們中國人的話來講，就是既要當婊子又要立牌坊！」

「講夠了沒！」田中隆夫往唐十一肚子上又是一拳，「我們日本人做事不用你們這些支那豬指手畫腳！今天我能捉你到地牢，下次我就能捉你到集中營！」

「我當然……知道……你可以這樣做……」唐十一彎著腰扶著牆，深呼吸一口氣，硬是站直了身子才說話，「可是我告訴你，唐家做的生意絕對不只是鴉片。你看得見的是人們在抽的鴉片，但是鴉片從哪裡來？運輸鴉片的路線是哪個人搭通的？你試試讓別人去走這條路，我保證他走不出十公里！」

「唐十一，你不要以為廣州就只有你一個撈家！」

「不好意思，還真的只剩下我一個了呢！」唐十一哈哈大笑，「唐蔣鄭羅，羅家老爺被你們皇軍一棍打死了，鄭家的銀行被你們一把掏空了。蔣大少奶奶更厲害，為了不跟你們合伙把整個廣州的鴉片都燒了！就只有我唐十一還在，就只有我唐十一還在為你們做事！我派紅丸，賣鴉片，開妓寨，搞賭場，放貴利[4]，如果我一個人上街，走不了五步就被人砸石頭砸死了！他們當面叫我十一爺，背後叫我漢奸走狗賣國賊！出賣皇軍？情報間諜？哈哈，你不如說我是抗日民族大英雄，讓他們在

4 高利貸。

黃花崗為我立個紀念碑啊！」

「巴嘎耶魯！」田中隆夫一腳把唐十一踹翻在地上，一把拔出手槍「喀嚓」一下上了膛，「我現在就殺了你！」

「大佐！」二階堂一驚，不由得走到田中隆夫耳邊小聲說：「這個月的數還沒……」

「閉嘴！讓你在一邊站著，你亂說什麼！」田中隆夫瞪了他一眼，把槍抵在唐十一的太陽穴上，「說！到底還有哪些間諜躲在廣州城裡！」

「我不知道我能說什麼給你聽！」唐十一咬得後槽牙發緊。

「還嘴硬！」田中隆夫拿槍柄一把砸在唐十一嘴巴上，唐十一的嘴角立刻就破了，血「滴滴答答」地往下流。

「我要隨便推一個人當替死鬼很難嗎？可是我不知道，我就是不！知！道！」

唐十一瞪著田中隆夫的眼睛，兩眼裡都快冒出火來了。

「畜生！」田中隆夫一把推開唐十一，「砰砰」兩槍打在他身邊的地板上。

唐十一拳頭攥得死實，等著田中隆夫的下一步行動，然而田中隆夫卻收起槍，走過去朝唐十一伸出手，「唐老爺，得罪了，剛才你的表現，我相信你不是內奸。」突然，他舉起槍來瞄準二階堂胸口就開了三槍，「他才是！」

一直在一邊想著那一成稅收的二階堂，連發生什麼事情都不知道，就已經倒在地上了。

「大佐？」唐十一嚥了一口血水，一時不知道如何反應。

「我一直都在懷疑他，直到剛才我故意做戲要打死你，他終於露出馬腳了。」田中隆夫拍拍唐十一的肩膀，「他擔心你死了就沒人給他做幌子，所以要勸我不要殺你。如果不是心中有鬼，又怎麼會擔心你死或者不死呢？」

唐十一抿著唇不說話，田中隆夫帶著他走出地牢，「唐老爺，不好意思了，這些皮外傷，我想你男子漢大丈夫，應該不會放在心上的。」

「可以幫皇軍找出內奸，還我自己一個清白，皮肉之苦算不了什麼。」唐十一一邊說一邊掏出手帕來捂住額頭的傷口。

「我已經叫了你家的司機劉忠在門外等你，回去好好休息，我待會叫人送些上好人參到你府上。」到了地面，田中隆夫就自己回辦公室去了，「不送了，唐老爺。」

「好，勞煩大佐了。」唐十一轉過背來往大門外走，狠狠地罵了一句：「總有一天你得連本帶利還給我！」

「老爺！！！」劉忠遠遠看見唐十一掛了一身彩就慌了，連忙跑過去扶他，「你怎麼了！日本人打你?!我馬上送你到醫院！」

「不用！皮外傷上什麼醫院！」唐十一靠在劉忠身上鑽進車子去，才露出了痛苦的神情，「回家去，叫何醫生過來就好了。」

「可是老爺……」

「回家去！」唐十一喝道。

「好、好，我們回家，回家去。」劉忠知道唐十一執拗起來誰都勸不過，只能聽他的話，趕緊開車回去。

但剛離開軍區大概十分鐘，突然路旁衝出了一輛載滿稻草的手推車，那稻草還是著火的，劉忠急打方向盤，躲過了火卻是一頭撞到了路邊騎樓的柱子。唐十一被甩得頭暈，還沒回過神來就被人拖到了車外，麻袋蒙頭就是一頓亂棍。

唐十一在一片「打死漢奸！」、「死賣國賊！」的叫罵聲中死命蜷起了身體護著頭。痛，但那打在身上的棍棒，怎麼都比不上那一聲聲的叫罵，那是直直插到心頭上的痛！

如果他真的就這麼被打死了，是不是全廣州的人都會歡呼喝彩、燒煙花放鞭炮來慶祝呢？

痛，好痛啊……

也不知道到底被打了多少棍，唐十一才聽見「砰砰砰」的一陣亂槍跟人們的尖聲呼喊，有人怒喝道「你們這群暴民！亂民！有種去打日本人！去上戰場啊！」，然後那套在他頭上的麻袋掀了開去，唐十一眼睛都沒睜開就往那人懷裡埋了進去。

「沒事了，沒事了。」白文韜一抱下去只摸到了一手的血，只覺得心跳都停了一拍，他馬上把唐十一抱了起來，「細榮！大鵬！把警車開過來！快點！」

「文韜、文韜……」唐十一暈過去之前用力扒住他衣領說，「如果我死了，幫我、幫我看著廣州……幫我看著廣州……」

「你傻呢！誰說你會死！子彈都沒挨一顆就死了，你還是唐十一嗎！」白文韜把外套脫下裹住他，「唐十一哪有那麼容易死！沒事的，一定沒事的！」

「對，我是唐十一……我不會死，我是唐十一，我不會死……」唐十一把頭靠在白文韜胸膛上，慢慢失去了意識。

第十一章

白文韜在醫院的走廊上坐著，周傳希走過來，遞給他一根菸，他搖搖頭拒絕了，「醫院不准吸菸的。」

「哦。」周傳希把菸收起來，在他隔壁坐下，「對不起。」

白文韜皺著眉頭轉過頭來，「幹嘛跟我說對不起？」

「我說過如果司令少一條頭髮我就自刎謝罪的，可是……」

「哎，說什麼呢！」白文韜捅他一手肘，「動不動就自刎，你當你楚霸王啊？」

「我應該跟劉忠一起去接司令回來的。」周傳希還是自責。

「你要說對不起，跟唐十一說，跟我說幹嘛呢。」

「還裝，是不是當我外人？」周傳希聳聳肩，「你別忘了，我比你大十幾年，十五歲就投了軍隊，一直跟著那些軍閥打啊打的，從北打到南，我還沒見過玩男人的不成？就你們那膩歪的樣子，不一起我才奇怪呢！」

「周營長，我就是不希望你以為我跟十一是你看過的那些關係。」白文韜道，「我跟十一是彼此愛慕，可我們真的很清白，最多就牽個手抱一下，沒有那些骯骯骯髒的事情。」

「跟自己喜歡的人上床哪裡骯髒了?!」周傳希抓了抓耳朵後的頭髮，「唐司令是個人物，你也是，你們要幹嘛就幹嘛，誰敢多嘴多舌我就把他牙齒砸碎！」

「我該感謝你是嗎？」白文韜哭笑不得，「待會十一醒了你別亂講話！要不我先把你牙齒砸碎！」

「兩位，你們可以進去看唐老爺了。」這時，替唐十一檢查完的醫生走出來了，「唐老爺的頭部受到打擊，有輕微的腦震盪，可能會出現頭暈目眩、手腳不靈活的情況，不過是可以慢慢恢復的。但他受的外傷頗為嚴重，左手骨折，肋骨也有不同程度的骨裂，請你們務必注意要讓病人好好休養，才能儘快康復。」

「好的，謝謝醫生。」白文韜謝過醫生就趕緊進病房去看唐十一。

只見唐十一頭上紮著紗布，左手打了石膏，透過病號衣服也能看見胸膛上纏著繃帶。看見白文韜跟周傳希，他也不起來，就躺在床上朝他們揮揮手，「怎麼來探病都沒帶東西來？」

白文韜無奈地笑笑，「還說笑，剛才是誰要死要活地叫我看著廣州的？」

「周營長還在呢，你這麼削我面皮！」唐十一想笑，卻咳了起來，白文韜輕輕順著他的胸膛。周傳希倒了熱水過來給他，唐十一接了水喝了一口，「讓你們兩位大老爺服侍我，唐十一哪受得起啊。」

「可不是嘛，所以你得快點好，別委屈了我們！」白文韜幫他放好杯子，才開始說正事，「十一，劉忠說你被日本人捉走了，出來的時候就受了傷，是怎麼回事？」

「他們懷疑我跟抗日人士有勾結，幫他們洩露消息。不過田中隆夫還是捨不得我的錢，他打了我一頓，隨便捉個替死鬼，就算是捉了間諜了。」唐十一捏了捏眉心，「周營長，你回去幫我看著萬匯。」

「是，司令，我會叫他們好好工作的。」

「不，我就要他們不工作。」唐十一放下手來，眼裡的戾氣陰森得嚇人，「打了我唐十一，還想從我手上拿錢？我這次就光明正大地躺在醫院裡什麼都不做，他識趣就自動自發把他們在東北搜刮來的人參鹿茸送來孝敬我，要不我就繼續躺，愛什麼時候出院就什麼時候出院。」

周傳希一愣，跟白文韜相視一眼，然後點頭道：「好的，我去告訴他們裝個樣子，好應付蘿蔔頭。司令，沒別的吩咐我就先回去了，你好好休息。」

「嗯。」唐十一點頭，周傳希就退出去了。門關好以後，唐十一朝白文韜伸出右手來，「扶我起來。」

「你就躺著吧。」

「扶我起來嘛！」既無別人，唐十一就撒起嬌來了。

「你坐起來幹什麼呢？」白文韜嘴上這麼說，還是把他扶了起來。他坐到床頭，讓唐十一靠在他懷裡坐著。

「你要訓話，我當然要坐好來聽了。」唐十一挨在白文韜身上，握住他的手，

「我以為我真的會被人打死。」

「你以後無論去哪，都要讓周傳希跟著。」白文韜想抱他，又怕弄到他的傷處，

只好用力握住他的手了，「萬匯的事情你不用擔心，我會提醒周營長注意些什麼的。」

「嗯。」

「你好好養病，不要動腦子了，傷神。」

「好。」

「晚點我讓權叔幫你帶日常用品來，你有沒有什麼特別要帶的東西？」

「聽你的就好。」

「十一……」

「嗯？」

「沒事了。」白文韜那句話憋到嘴邊了，可還是不好意思說，就別過臉去，扶著唐十一讓他靠在床頭坐好，「我削個蘋果給你吃？」

「文韜，你想說什麼？」唐十一皺起眉頭來，白文韜分明一副欲言又止的樣子。

「我……」

白文韜深呼吸一口氣，正了正身子面對著唐十一坐好。他很認真地看著唐十一，卻是看了好一會都不說話，只是從耳根子開始往上泛紅，紅得唐十一眉頭皺得更緊了，「你怎麼了？」

「就這麼了！」說著，白文韜伸出手來按到唐十一脖子上，扶著他的後腦勺往前一傾，親了唐十一的嘴唇一下。

唐十一一愣，白文韜鼻尖對鼻尖地垂著眼睛小聲說：「你答應我，不要離開我，任何方式都不行。」

唐十一以為自己腦震盪得產生幻聽了，好一會才確定白文韜真的在跟他說情話。從前他跟自己說喜歡啊陪你一輩子啊什麼的都說得分外坦蕩自然，君子得唐十一都懷疑自己是不是誤會了，這樣子真正耳鬢廝磨的融融情話他還是第一次從白文韜口中聽到，不由得「噗」地一下笑了出來。

白文韜被他一笑就更困窘了，他放開唐十一，抓耳撓腮地鬧起彆扭來，「你笑什麼笑！我、我在跟你說情話呢！」

「我知道，所以才笑啊！」唐十一還是止不住笑，笑得他都捂住肋骨喊痛了，

「哎喲，好痛、好痛！」

「痛你還笑！」

白文韜連忙過去扶他躺下，剛湊過身子，唐十一右手一勾就結結實實地回吻了他。分開來的時候，還用舌尖舔了一下他的唇角，「這樣才叫接吻，你剛才那個不算。」

「……知道你經驗豐富了。」白文韜連跟他鬥嘴都沒力氣了，「好好休息，門外有劉忠跟六個保鏢在，有事就喊他們，我回去了。」

「嗯。」唐十一放開白文韜，心滿意足地閉上眼睛睡覺。

白文韜自然知道唐十一之前都是過著什麼聲色風流的生活，只是他跟唐十一相處的時候，他根本沒有表現出來。剛才被他捉住吻了一下，他才知道那其中的區別。

白文韜替他掖好被子，突然覺得其實他並不是那麼瞭解唐十一。起碼在黑暗的那一面，他從來不知道他在承受怎樣的危機與壓力。

唐十一被襲擊，在醫院靜養了一個月。那一個月要說大亂倒也沒有，只是私菸格如雨後春筍般冒了出來。大凡家境還過得去的都偷偷摸摸地在家裡架起了菸槍，幾床席子幾盞燈就能經營，又不用上稅給皇軍，價格自然更低，福元堂的生意大受打擊。

待月尾收稅時，田中隆夫對著那筆爛帳大發雷霆，發完火了就直接跑到醫院去，不顧醫護人員的勸說就闖進了唐十一的病房，「唐老爺！」

正在跟白文韜玩你餵我我餵你的唐十一皺了皺眉，把白文韜餵到嘴邊的橘子瓣一口吞了，才擦擦嘴端起笑臉來，「田中大佐，請恕我不能起來迎接你了，我肋骨還在痛呢。哎，快請坐吧。」

「唐老爺，我也不想來打擾你養傷，但是你該管教一下你的手下，你一生病他們就不幹活了！」田中隆夫也不坐，就站在距離唐十一病床幾步遠的地方，「這個月的稅我就當你病得糊塗了所以沒辦法，如果下個月還是這樣……」

「大佐，不用你當我病得糊塗，我是真的病得糊塗了。醫生說我腦袋受過打擊，有腦震盪啊。」唐十一頭上的紗布已經拆了，但那傷口還是清晰得很，他指指那道紫黑色的傷口，「商會那群人啊，就是欺軟怕硬，大佐你只要凶他們兩句，他們就什麼都聽你的了。」

「我不是說商會，是說福元堂，這個月賺的錢還沒有從前一半！」

「福元堂不就是賣鴉片？只要有鴉片膏，誰都能賣啊，大佐，你說是吧？」唐十一瞇起眼睛來笑道。

「唐老爺，我之前在地牢裡對你講的話過火了，很對不起。但是我說過了，那是做戲，你不應該放在心上的。」田中隆夫明顯感覺到唐十一的怨氣，而他的確重手了，就賣他一個面子，想他找到了臺階下來就會繼續聽話替他賣鴉片。

「大佐你誤會了，我不是生你的氣，我是生我自己的氣。好好的一個人，淪落到上街要被自己的同胞放火燒車，蒙麻袋往死裡打，我真的覺得自己很沒有用，或許我真的不能再幫你搞鴉片生意了。」唐十一嘆口氣，挨到床上揉著眉心，一副疲憊的樣子。

「唐老爺，你只是受了傷所以累了，我相信你好了以後，會繼續當皇軍的朋友的。」田中隆夫黑著臉色擱下這句話，就把門甩得砰然作響，大步離開了。

一直旁觀的白文韜這才繼續餵唐十一吃橘子，「你真打算不賣鴉片了？」

「哪能真的不賣，我唬他的。」唐十一一口一瓣，還故意吮一下白文韜的手指，「現在生意跌到剩下不到一半，我回去幫他掙回來個八成，他就夠滿意了，那以後做賬就可以方便多了。」

「我還以為你真的被打怕了，原來算盤是這麼打的。」白文韜又一次對唐十一佩服得五體投地，「既可以讓日本人不敢再動你，又可以少交錢給他們，還能讓鴉片少害點人，一箭三雕，十一爺果然厲害！」

「我那麼厲害，那你獎勵我什麼啊？」唐十一最近養病養得越發黏人，剛才還端著唐老爺的架勢，此時又黏回去了。他抬起頭來，含情帶笑的眼睛直看得白文韜心癢。

「獎你再吃一個橘子。」白文韜說著就轉身去剝另一顆橘子。

「白文韜！」唐十一幾乎岔了氣，他就不信白文韜不知道他在跟他調情，認定白文韜是故意氣他的。

「來咯~」白文韜轉過身來，叼著一瓣橘子往他唇邊靠。

唐十一搭著他的肩，得意洋洋地把那橘子連著白文韜的唇都含進了嘴裡。

白文韜又跟唐十一膩歪了半天才去警察局，他一進門就把所有手足都叫了過來，「聽著，今天開始，我們的主要任務是掃私菸，就算是他自己吸的也不成。廣州城裡除了福元堂，別的地方都不能有鴉片！」

往日對白文韜的話都是說一不二的手足今天卻面有難色，好一會，大鵬才開口問道：「文韜，這是誰下的命令？」

「嗯？」

「鴉片這種東西，一向都不是我們警察局搞的，你讓我們掃私菸，插一腳下去，日本人誤會我們想分一杯羹怎麼辦呢？」

「我們去掃的是私菸，私菸不用上稅給日本人的，我們掃了它，日本人多謝我們都來不及，怎麼會找我們麻煩呢！」

「那不用上稅給日本人不是更好嘛，就算是抽鴉片當癮君子，也不要便宜日本人啊！」大鵬說著，聲音很小地嘀咕了一句：「你以為誰都想當漢奸嗎……」

「你說什麼！」白文韜一把揪住大鵬的衣領，「你說什麼！」

「文韜！」旁人連忙分開他們，但大鵬心裡不服氣，他推了白文韜一把，粗著嗓子說道：「我說不是所有人都像你那姘頭唐十一一樣想當漢奸！」

「你！」

白文韜一步上前揪住大鵬就要打，細榮使勁拉住他，「文韜你別這樣！大鵬不是這個意思！」

「我就是這個意思！」大鵬推開細榮，也揪住了白文韜的衣領，「我一直當你是好兄弟，我當你是一個好員警！就算之前別人說你跟唐十一勾勾搭搭我都不信！但是上次，你讓我們去救他，打的是我們自己中國人！唐十一跟日本人分贓不勻被人打，關我們什麼事！那些老百姓手無寸鐵，他們打的是漢奸！你卻讓我們去驅趕他們！這是什麼道理！現在你又讓我們幫你姘頭掃私菸，白文韜，你捂著良心問問自己，你過不過得去！」

「我白文韜沒做過任何對不住良心的事！」白文韜甩開大鵬，激動得滿臉通紅，目眥盡裂，「是，唐十一是漢奸，但他完全可以不做漢奸，像羅家鄭家那樣帶著大把的錢去美國享受人生！廣州的鴉片不就是換了那個叫陳思齊的華僑來搞嗎！可唐十一他留下來了！他當漢奸，但他起碼送了一千多個孤兒去香港去澳門！他當漢奸，但他讓廣州從一個死城裡頭活過來了！換了你，你會不會留下來？你會不會這樣做！！！」

大家從未見過白文韜發這麼大的火，即使小桃含恨冤死的時候，他也只是傷心跟不忿，絕無此時那麼憤怒而悲切的哀痛，一時都說不出話來了。大鵬皺著眉頭看著他，緊閉著嘴，似是不服氣，卻又找不到可以反駁的話。

「你們今天誰不想跟我一起當漢奸的，就把槍交出來辭職，要去搞生意也好，要跑路到別的地方也好，白文韜保證絕對不會難為你們。」白文韜深吸一口氣，往桌子上一坐，一副死心了的樣子，「但你們要知道，你們不做，換了別人來，情況可能會更糟糕。我不會走，因為我走了的話，警察局就要連遊擊隊都捉了，那就真的折墮了。」

剛才還對白文韜頗有意見的手足都低下了頭，大鵬上前兩步，朝他鞠了個躬，「文韜，對不起。」

「我沒死呢，鞠什麼躬！」白文韜拍了一下他的頭，「還有，唐十一不是我姘頭，別亂講話，要不哪天你被唐家的人捉起來打我可救不了你。」

「哎哎哎，做兄弟哪有隔夜仇嘛！握握手就又好了嘛！」

大家圍攏過來打圓場，終於又恢復了往日的氣氛。

三天內，白文韜帶著他們去掃私菸格，繳了七十多斤鴉片、一百多支菸槍，癮君子們叫苦連天，不得不拖著腳步跑回福元堂去抽貴價菸。田中隆夫自然收到了消息，這天，他請白文韜到憲兵部鬥槍，打了三局，還是輸了，「白警官，你這手槍法，別說廣州，只怕在整個中國都是一等一的好！我實在是心服口服啊！」

「你過獎了，田中大佐。」白文韜把槍放下，「我相信在你的祖國，應該有更多的用槍高手。」

「那倒未必，我們日本人喜歡用武士刀，這樣才能完全承載我們的武士道精神。」田中隆夫讓人拿了兩杯茶過來，「白警官，員警我見得多，像你一樣有主見有能力的員警還是第一次見。」

「大佐你今天稱讚我稱讚得有點誇張了吧？」白文韜可不敢輕易喝這杯不知道是敬酒還是罰酒。

「唐十一受傷了不能管理生意，你就幫他掃私菸，讓那些菸鬼跑回去光顧福元堂，就這一樣已經不誇張了。」田中隆夫稍帶促狹地笑了笑，「找男人當姘頭的有錢人我見過不少，找這麼能幹厲害的男人當姘頭的，果然只有唐老爺才有這個本事，哈！」

「這次掃私菸倒不是唐十一吩咐我做的。」白文韜卻說，「是我自己的主意。」

「嗯？」田中隆夫皺了皺眉，「那你掃回來的鴉片……」

「還扣押在警察局裡。」

「白文韜，你想玩什麼？」田中隆夫吃了一驚，「你想踢唐十一出局？」

「我怎麼捨得踢他出局呢。」白文韜笑笑，拿起槍來朝著一個靶子又發了一槍，自然是中了紅心，「只是，不一定每件事都要騷擾到他的。」

「白警官，我不是很明白你的意思。」田中隆夫還是不解。

「以後私菸我來掃，鴉片航運我來打點，鴉片的稅收我來收。」白文韜上前一步，他手裡還拿著槍，田中隆夫卻是一步不退，「大佐，不要再搞唐十一了。」

田中隆夫反應了好一會才明白過來，他盯著白文韜片刻，難以置信地搖著頭回答：「我就說唐老爺有本事，能把你搞成他男人。其實我這人很好相處，能給皇軍出力，無論是誰我都歡迎。」

「那我們就合作愉快了，田中大佐。」

白文韜瞞著唐十一掃掉了廣州大部分的私菸，福元堂的生意重見起色，周傳希還在想是不是不應該瞞著唐十一，白文韜說，難道你想唐十一被人打第二次？我跟你上街不怕被人打，他不一樣。

周傳希沉思了一陣，什麼也沒說，只搭上他的肩膀，點了點頭。

傷筋動骨一百天，但唐十一在醫院躺了一個月以後覺得無聊了，所以就回家裡躺了。這天，白文韜慣例來看他，陪他玩了一會就說有事忙要走了。唐十一也不問他幹什麼，笑了笑就讓他走了。

這天是向田中隆夫交數的日子，白文韜昨天就做好了賬目，準備今天下午拿到憲兵部。

可他來到萬匯打開保險櫃，卻發現裡頭的軍票都不見了。

白文韜一愣，隨即想到能開這保險櫃的只有唐十一，頓時有點不知所措。而此時，唐十一的聲音也從門口處傳來了，「白警官，請問你到我辦公室來找什麼呢？」

白文韜轉過身去，只見唐十一扶著牆壁慢慢走進來，在會客沙發上坐下，「你打算瞞我到幾時？」

「我沒打算瞞你，只是不告訴你，等你自己發現而已。」白文韜也不解釋，靠在辦公桌邊上回答道。

「你是在跟我玩文字遊戲嗎？」唐十一用力地呼吸著，肋骨處隱隱作痛。

「當然不是。」白文韜慢慢走過去，蹲在唐十一腳邊抬頭說道，「十郎只是怕下一次十一娘就叫不回俗世來了。」

「……我沒那麼容易死。」這句話說得用力了些，唐十一皺著眉頭捂住右邊的肋骨。

「你看你這個樣子，還逞強！」

白文韜扶他在沙發上躺下，把外套脫下來給他墊著頭。唐十一趁機拽住他的手，「值得嗎？」

白文韜聳聳肩，「要不我將來怎麼在你身邊陪你呢？」

「嗯？」

「被人吐口水的石像。」白文韜捉住他的手，「我不做點事情，以後怎麼有資格跪在你隔壁嘛！」

唐十一想笑，肋骨處卻又扯得痛，最終落了個哭也不是笑也不是的奇怪表情，「你傻啊？」

「我遇上你以後就沒正常過。」白文韜笑了，拍拍他的臉，「你躺著，我叫車送你回去。」

「你先去憲兵部吧。」唐十一從口袋裡抽出一大把鑰匙，「軍票我藏到大保險櫃裡最底下的夾層了。」

「嗯。」白文韜拿鑰匙就去開鎖。

看著他的背影，唐十一苦笑了一下。如果你知道我到底是個什麼人，還會陪著我嗎？

其實這個問題困擾著唐十一也不是一天兩天了，積壓到現在，唐十一實在無法忍受他跟白文韜之間有一絲一毫的欺騙了，於是他咬了咬牙，決定不能讓他不明不白地繼續為自己犯傻。

白文韜把保險櫃鎖上以後就把鑰匙還回給唐十一，「我很快就回來。」

「你收著吧。」唐十一把鑰匙推回他手裡。

「你讓我收著大鑰匙？」白文韜連忙搖頭，「再怎麼熟悉我都不能拿這鑰匙，我不是你萬匯的人啊。」

「那你來做我的人不就行了？」唐十一忽然提出了任性的要求。

「你想讓我辭掉警察廳的職務，到萬匯工作？」白文韜搖頭，「不行的，我掃私菸打亂匪在行，你讓我管生意，我做不到的。」

「你現在不是做得挺好的嗎？」唐十一這次任性得有點過分，「還是說你不想做我的人？」

「十一，你相信我，我一定不會背叛你的。」白文韜以為他是擔心自己發跡了會跟他分庭抗禮，「我在警察廳，不是能幫到你更多嗎？」

「不是，我不是這個意思。」唐十一強撐起身子坐起來，拉著白文韜的手說，「我是想讓你知道，唐十一什麼都可以給你，所以，所以你也一樣地對我，好不好？」

「我也一樣什麼都可以給你啊！」白文韜微微皺起眉頭來，他這次真的完全猜不到唐十一的心思了。

唐十一深呼吸一口氣，漲得整個胸腔都在發痛，「連你心裡小桃的位置也可以給我嗎？」

白文韜先是一愣，然後無奈地笑笑，「跟一個不在了的人比較有什麼意思呢？」

「小桃還在。」唐十一低下頭，冰冷而清晰地說道。

「啥？」白文韜臉色刷白，「你說什麼？」

「我說，小桃沒有死。」唐十一抬起頭來，鬆開白文韜的手，神情恢復到了一貫的十一爺該有的冷靜，「她沒有死。」

「你在說什麼！！！」白文韜猛地站了起來，瞪大眼睛盯著唐十一，「發生了什麼事？到底發生了什麼事！」

「劉淑芬的確要殺她，可不是因為懷疑她勾引傅易遠，而是因為她撞見了我跟劉淑芬合謀毒殺傅易遠。」唐十一迎著白文韜的視線，仍是那樣冷漠地說道，「我讓她打給你，製造她是在傅公館遇害的證據。我沒殺她，我毀了她的容貌，讓人把她送回鄉下。」

「那具屍體……」

「那不是小桃，我陷害劉淑芬的。」唐十一凝視著白文韜的眼睛，「那你現在，還覺得值得嗎？」

「所以，所以你說什麼你不讓我指證劉淑芬是為了救我，你說你因為小桃所以希望我過得好，都是假話?!」白文韜牙關都在打震。

「是，我那時候只是覺得你能幹，想要套住你幫我做事，可後來不是了，」唐十一竭力往前，拉住白文韜的手，「後來你幫我燒鴉片，你救我出蔣家的鴻門宴，你陪我唱戲，你說要陪我一輩子……我喜歡你，我是真心真意地喜歡你，這都是真的！」

「我不知道你什麼時候假什麼時候真！」白文韜用力甩開他的手，那些迷離旖旎的水晶燈光、悱惻纏綿的戲文唱念，原來都只是建立在虛偽的利用跟算計之上。他知道自己並不完全瞭解唐十一，可他不知道，原來他不瞭解他到這個程度！

「我曾經以為自己很瞭解你的，但是現在我不知道了，我不知道了！」說罷，他就掉轉頭來往門外走。

「文韜！」唐十一大聲叫住了他，白文韜的腳步停了一下，「小桃在佛山南海榮桂村，化名叫陳小娟。」

白文韜猛地回了一下頭，就「砰」地一下摔門而去。哈，唐十一，我該謝謝你嗎？

唐十一聽著他的腳步聲消失了，才捂著肋骨作痛處躺到了沙發上，冷汗細細密密地爬滿了額頭。他咬著牙，任由肉體的痛苦去中和心裡的痛。

白文韜那日一走以後就失了蹤，唐十一也沒讓人找他，鴉片的生意他自己接管回來。田中隆夫問起白文韜，唐十一就說不知道我跟他玩完了。

「玩完了？」田中隆夫卻彷彿有點意外，「唐老爺，這麼能幹的男人你就算不玩了，留下做事也好啊。」

「大佐喜歡的話就自己去找他，唐十一要就要全部，不要就一絲不留。」唐十一冷漠地說著，「這個月的數目齊了，我去商會開會了。」

「唐老爺你別誤會，我對你們支那人的奇怪愛好沒有興趣，只是可惜他一手好槍法。」田中隆夫送唐十一出去，「以後我要找人鬥槍法，可能就要找上周傳希了。」

「大佐，周營長他擅長的不是槍法，是格鬥，你找他比槍恐怕會失望。」唐十一婉言拒絕，車子已經在門外等候，他謝辭田中相送，就鑽進車子裡離開了。

廣州的鴉片生意轉眼便又回到了唐十一手中，對於那日襲擊他的人他也不追究，只是出入的時候多帶了一些保鏢。但有明眼人看到他身邊不見了白文韜，紛紛猜測他們玩完了，於是不少有心巴結的人又開始邀請他到各種聲色犬馬的場所去玩樂，送女人不行就送男人。那些或清秀俊麗或英俊硬朗的男人倒是把唐十一嚇得直噴茶，連忙隨手拉了個女人入懷說今晚就妳了。

唐十一又再風花雪月地過起了往日的生活，周傳希皺著眉頭觀察了好幾個月，終於忍不住問他跟白文韜怎麼了。

那時唐十一正在公園裡等一個小明星來赴約，他撣了撣肩上的洋紫荊花瓣，笑著回答道：「我沒跟他怎樣，他以後也不會跟我怎樣。」

「他都不見了好幾個月了，我還以為是你叫他去做什麼任務了呢。」周傳希不解，「司令，白文韜不光是你朋友，也是我兄弟。」

「你兄弟他不想跟我交朋友了，就這樣。」唐十一看看懷錶，時間尚早，他往一張休息椅坐下，拍了拍身邊的位置，「你也坐吧，遲到是女兒家的專利。」

「他不跟你交朋友也不至於要在廣州失蹤……」周傳希心裡一寒，該不會是唐十一因愛成恨把白文韜殺了吧？

「瞧你那表情，我可沒動他一分一毫。」唐十一嘆口氣，「反正他不要我了，至於他去找誰，以後怎麼活，跟我都沒有關係了。」

周傳希心裡的問號堆積如山，白文韜不要他？白文韜明明都為了他把毒梟的名頭給攬到自己身上去了，怎麼會突然就不要他了呢？

但他也知道這種感情問題外人無法理解，尤其他這樣一個帶兵打仗了半輩子的粗人，更加想不通他們這些半吊子文人想的都是啥，於是他只能聳聳肩，「反正你是我司令，他是我兄弟，這個關係永遠不會變。」

「哈，周營長，你比譚副官有趣多了。」唐十一笑得開懷了些，「譚副官他啊，無論我說什麼他都面無表情，只會說『是，司令』，『遵命，司令』，有時候我真懷疑他是不是有什麼神經障礙所以才沒有表情！」

沒想到周傳希卻搖頭了，「不，譚副官從前不是那樣的。」

「從前？」唐十一問，「在奉天的時候？」

「更從前一些，在南京，那時候他已經是劉源祥的副官了。他有個相好，後來被劉源祥占了當姨太太，可她不願意，想刺殺劉源祥。」周傳希的語氣頗為同情，「劉源祥把她制服了，押她到了營裡，叫譚副官動手行刑。」

「他真下得了手？」唐十一一愣，難怪他讓他去殺劉源祥的時候他那麼爽快地答應，全然不像多年手足了。

「我們是軍人，我們只認命令，只認兵符。」周傳希慘澹地笑道，「後來他才成了這個樣子。再然後，兵符在你手上了，我們也只認你了，這就是我們軍人的命。」

「我現在不是司令，你也不是營長了，只是你賞面叫我一聲司令，我才叫你一聲周營長的。」唐十一拍拍他的肩膀說，「這世界上沒有命這樣東西的，只看你有沒有本事去改變。」

「司令……」周傳希剛想說話，就被一聲甜美的「十一爺！」打斷了。

「遲到這麼久，待會罰妳喝酒！」唐十一又恢復了那副吊兒郎當的紈褲子弟笑容，走上去把打扮豔麗的女孩子攬進了懷裡。

周傳希也不知道自己是不是看習慣了，還是覺得唐十一跟白文韶站在一起比較順眼。

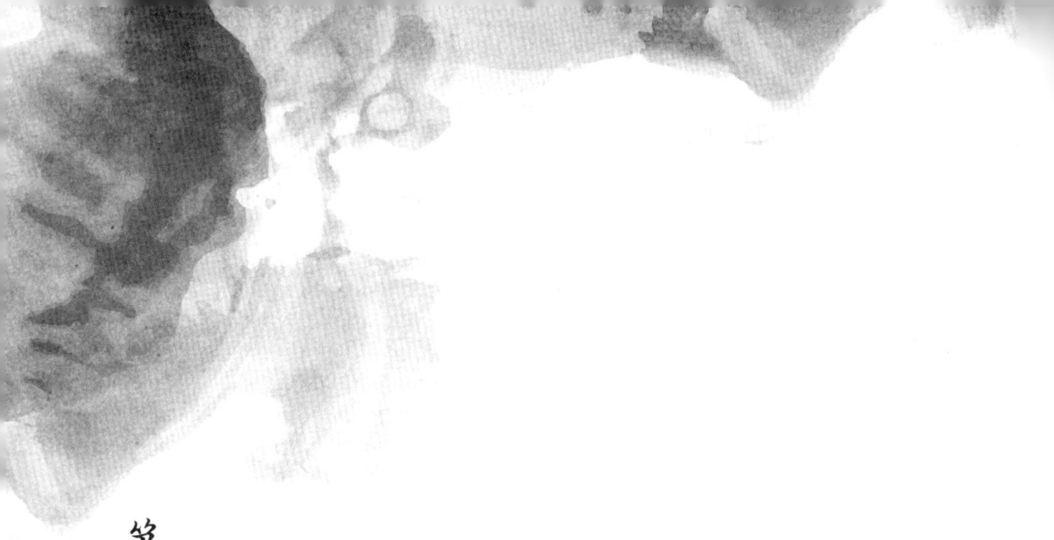

第十二章

木棉花又一次開得如火如荼了，唐十一抬頭看看滿漫天飛舞的木棉絮，又看了看落了一地的木棉花。一九四〇年的開春，廣州城裡的人口已經從一百多萬人下降到了五十萬人不到，無處可逃而留下的人也儘量不上街，以免招惹日軍。唐十一俯下身子，撿了一朵完好無缺的木棉花，心想與其是這樣而保存得完好，還不如被輾成一坨坨的紅糊糊。

「司令。」周傳希快步走了過來，「你猜得沒錯，那邊果然要派人過來接管廣州政府了。」

周傳希說的「那邊」是指汪精衛降日政府，唐十一早就猜到日本人沒心思去管中國人的日常事務，組織政府是早晚的事情。只是田中隆夫卻一直沒有跟他商量這政府組建起來後鴉片販售事情歸誰管，這未免可疑。

「叫劉忠開車子過來，我要去一趟憲兵部。」

「司令，不等王小姐了嗎？」周傳希看看手錶，那王小姐可真夠大牌，遲到三十分鐘了。

「我是有紳士風度，但也有底線。她要是不來，就永遠別出現好了。」唐十一把那木棉花用力扔到了湖水裡，轉身就離開了。

唐十一來到憲兵部的時候，田中隆夫的辦公室裡擺放著一塊大黑板，上面畫著一些組織結構圖，看起來是新政府的組織結構，不用問也知道，肯定是確定要來上任的市長剛剛向他作的彙報。

唐十一裝作什麼都沒看見，先把一盒雪茄遞了過去，「大佐，你最近很忙啊，連請你吃飯都請不到，只能送你一盒雪茄了，是貴成洋行剛剛從英國進的新貨，你一定要試試。」

「唐老爺這麼客氣，我不收也不行了。」田中隆夫收了禮，面色也和藹了，「唐老爺今天來找我什麼事？」

「聽說新政府的各位長官快要上任了，十一想搞個歡迎會，特意來請大佐作嘉賓，不知道大佐賞面不？」唐十一說著，敲了敲那塊黑板。

「難得唐老爺那麼支持政府跟皇軍的合作，我當然賞面。」田中隆夫心想唐十一的消息真是靈通，想等米已成炊再逼他接受也不行了。

「可是這一位，我該不該請呢？」唐十一點了點黑板上一個框框裡寫的漢字，那分明是「禁菸局」三個字，「大佐，開玩笑吧？我那邊賣鴉片，你這邊搞個禁菸局，分明要我呢！」

「唐老爺你誤會了，這個禁菸局不是來管你的，相反，他是來幫你的。」田中隆夫得到上級命令，讓他儘量不要攙和到政府的組建事情，讓他們中國人自己搞定，所以也不會為了唐十一而干涉新政府的架構，便敷衍道：「禁菸局是禁止那些菸民在自己家裡私自吸食鴉片，凡是要自己在家裡抽的富貴人家，都要向他們申請牌照，有根有據，那麼唐老爺掃私菸的時候也不怕掃錯了，得罪你的顧客。」

「領菸牌？大佐，最怕那些人領了牌以後，就不只是自己一個人抽了。」唐十一哪會不知道那些菸鬼的性格，到時他們領正牌照在家裡擺開菸槍來的時候，肯定一邊自己吸一邊賣位置給其他菸鬼，幫補自己的毒資。

「詳細的執行方案你們可以協商，我當個中間人，讓你們坐下來好好談。唐老爺一心一意為我們皇軍賺錢，我是不會給你添麻煩的。」田中隆夫敷衍著推卸責任，「汪宗偉市長明天就會帶所有的官員一起到廣州政府開會，宣布新政府成立，唐老爺賞面一起出席嗎？」

「汪宗偉市長？」沒聽過這名字，大概也是從那邊空降來的人。唐十一想，與其在這種正經八百的場面硬碰，還不如摸著酒杯底慢慢講話，畢竟吃人的嘴軟，「我明天有事，恐怕去不了。不過打鐵趁熱，我晚上在愛群酒店為新政府的各位長官接風洗塵，大佐你一定要賞我這個面子。」

「自然賞面。」

愛群酒店在遭遇空襲以後一年，終於恢復了過去富麗堂皇的樣子。唐十一坐在那新開張的玻璃旋轉餐廳裡，一邊看著侍應生打點一切，一邊跟周傳希說：「我還以為這旋轉餐廳是會轉的，原來就是所有的牆壁都用玻璃代替，這麼個『旋轉』法，真是唬人得要緊。」

「要說唬人，全廣州哪個人比得上你啊司令？」周傳希失笑，也同時用笑容來蓋過了「還有白文韜」這半句。

「周營長，我發現你最近越發會鬥嘴了。」唐十一挑了挑眉毛看他，「難道這是跟女孩子鍛煉出來的嘴皮子？」

「哪有女孩子啊，就一支小辣椒。」周傳希倒是承認得痛快。

「小辣椒？」唐十一不由得想起了兩年前那在越秀公園裡跟他嗆聲的女學生，「我也認識一支小辣椒，要不試試看誰的比較辣？」

「哎，司令你這話說得好糟糕！」周傳希明顯誤會了唐十一說的話，臉色都沉了，「她不是那樣的人。」

「我可什麼都沒說，是你自己想得糟糕！」唐十一氣結，罷了，反正在全廣州人心裡，他唐十一就是這麼個糟糕的人，「去看看那些長官到了沒有吧。」

「是，司令。」

周傳希剛走出去兩步，就被唐十一叫回來了，「不用了，到了。」

「咦？」周傳希一愣，隨即順著唐十一的視線方向看過去，透過那全景落地玻璃，只見十多輛汽車浩浩蕩蕩地在愛群酒店門口排起了車龍。從車上下來的人一色的高級西裝，帶頭的兩人一個是田中隆夫，另一個有些發胖的四十多歲男人一定就是那汪宗偉了。

「去接人吧。」唐十一也不知道是跟自己還是跟周傳希說的，反正他低聲說完這句話，就親自走到樓梯口迎接那浩浩蕩蕩的二三十個長官了。

「汪市長，這就是我跟你說的唐老爺，」田中隆夫履行了承諾，當了個中間人介紹道，「唐老爺，這位是汪宗偉先生，新任的廣州市長。」

「汪市長，早上我有些急事要辦，沒能親自為你上任道賀，你千萬別見怪。」唐十一一邊握住汪宗偉的手，一邊就叫人送上了賀禮，「一點心意，請你笑納。」

「早有聽聞十一爺好客熱情，這真是太客氣了。」汪宗偉看見唐十一的時候，有些驚訝他的年輕，「十一爺年少有為，讓我這個老匹夫慚愧啊。」

「我這種初生小牛犢能成什麼氣候？以後還要多多向汪伯伯學習。」唐十一一下就把汪宗偉認了做世伯，巴結的意圖明顯，但襯著他那真誠憨實的樣子反而覺得他坦白，不像計謀深重的老狐狸。

「現在都是你們年輕人的天下了，我們這些老人家要讓路了。」汪宗偉笑著拍了拍唐十一的手，算是認了這個世侄，「禁菸局這塊以後還要世侄你多多支持。」

「汪伯伯吩咐，十一自然遵命。」唐十一心想來了，該進主題了。

「你不用擔心，主持禁菸局的跟你是熟人呢！文韜！」汪宗偉扭頭朝後面那被堵在樓梯口處的人群喊了一聲，那些人讓出一條道路來，只見那大半年不見的白文韜一身淺藍西裝，頭髮蠟得整整齊齊的，器宇軒昂地走了上來，「我正式介紹一下，白文韜，禁菸局局長；唐十一，廣州商會會長跟福元堂的董事長。」

「汪老，我們是故人了，不用介紹。」白文韜笑笑，朝唐十一伸出手來，「十一，好久不見。」

「好久不見。」唐十一深信自己現在還是一臉自然淡定的笑容，絕對不會讓人看出他心裡頭的驚濤駭浪，「我們入席吧，酒菜早就準備好了。」

「好好，大家上樓吧。」汪宗偉笑呵呵地招呼眾人入席，似乎完全不知道唐十一跟白文韜的往事。

「田中大佐。」唐十一快步走到田中隆夫隔壁陰沉著臉問道，「你早知道那是白文韜對不對？」

「你們兩個之間有什麼恩怨我不管。」田中隆夫算是默認了，「反正我只要生意依舊順順利利，唐老爺，你明白的。」

「……我明白。」唐十一咬咬牙，轉頭就繼續笑意盈盈地去應酬那些人了。

席間仍是那樣的和樂融融，只有白文韜知道，唐十一從開始到結束都沒有正眼看過他。

宴席慣例到了深夜一兩點才散去，唐十一把客人送出去以後，對走在最後的白文韜說：「明天晚上有空敘舊嗎，白局長？」

「十一爺相請，沒空都要去的。」白文韜拍了拍灰色的薄呢大衣，唐十一剎那之間恍惚以為他要幫自己披上，像那個沒有月光的夜晚一樣。但他只是把衣服穿好了，然後跟他道別，「時間你定吧，打電話到禁菸局給我就好了。」說罷，就鑽進車子離開了。

「少爺……」權叔見唐十一久久沒有反應，不禁擔心地喊了他一下。

「明天在新輝定個包廂，定好了幫我通知白局長。」唐十一轉身，大步往自己的車子走。

翌日晚上八點，唐十一準時來到了新輝酒店，卻不想白文韜卻也同時來到，兩人在門口就撞上了，於是寒暄著一些今天工作怎樣的客套話，進了包廂。

待酒菜上了以後，唐十一就把侍應生摒退，親自替白文韜斟上酒，「來，先喝一杯慶祝我們再見。」

白文韜笑道：「好。」

唐十一叫的依舊是紅酒，白文韜喝完一杯，舔舔唇道：「我還是覺得白酒帶勁。」

「帶勁了就不好談事情了。」唐十一放下杯子，「小桃……現在好嗎？」

白文韜沒有生氣的跡象，很平淡地回答道：「嗯，我找到她了，也安置好她了。」

唐十一頓了頓，輕輕地笑了一下，「嗯，我就不去拜訪了，在這裡祝你們白頭偕老，永結同心吧。」說著又舉起了杯子。

白文韜雙手插在口袋裡，凝視著唐十一的眼睛，似乎要把他那層冷靜平淡給看穿才甘休。但唐十一還是笑，笑得跟從前與他相對時一樣燦爛，「怎麼，這年代分個手，再見不能當朋友？」

白文韜終於把手拿出來，握住了酒杯，碰了唐十一的杯子一下，「承你貴言。」

「嗯，趁熱吃，這家廚子不錯，試試吧。」

兩人寥寥落落地吃過飯，間或說兩句無關緊要的話。吃完一碗飯的時候，唐十一終於還是開口問道：「禁菸局的私菸牌你打算怎麼發？」

白文韜反問道：「你希望我怎麼發？」

「發得越多越好，但不能給那些本來就有幾個錢的人發。」唐十一把自己的想法如實相告，「窮鬼得到私菸牌，最多也就從我這裡進個一兩斤貨，拿回去自己開菸格，規模也是極小，而且還得扣起他自己抽的。越多人有牌，落到各家手裡的利潤越小，分散零落不成氣候。」

「但如果是有錢人拿到私菸牌，他們就有可能越做越大，甚至幾家聯合，到時候他們就不聽你的話了。」白文韜交叉雙手，「唐十一的算盤還是打得一樣的響。」

「我打的算盤一點也不響，不能讓別人聽見，只能暗地裡打。」唐十一看著白文韜，似乎是今晚第一次露出真實的情緒——稍帶著不安又志在必得的堅決，「你意下如何？」

「就按你說的辦，但是，這樣過幾個月以後，田中一定找你麻煩。」

唐十一挑眉，「哦，為什麼他會找我麻煩？」

白文韜了然一笑，「因為幾個月以後，福元堂會由於私菸格越開越多而收入劇減，你說田中怎麼可能不找你麻煩？」

「……那你覺得我該怎麼應對？」唐十一慢慢靠在椅背上，不著聲色地把手從桌子上移到交疊起來的膝蓋上，微微捉住膝蓋以免自己發抖。

「自然應該順水推舟，直接讓鴉片都歸禁菸局管，福元堂結束營業，你專心管其他的商業行當，我來管散民鴉片。這樣一來，鴉片的生意規模看起來擴大了，實際上卻是大大削弱了。」白文韜也往後靠，兩人的距離拉得更開了，「到時候我要請你給我一個熟門路的會計來做賬，要不騙不了田中隆夫。」

「沒問題，我讓何會計去幫你，他很熟悉我們的賬目，而且口風很密，不用擔心。」

唐十一答應了白文韜的要求後，兩人竟一時無話。白文韜站了起來，替唐十一跟自己斟上酒，「那今晚最後一杯，祝我們，合作愉快。」

唐十一也站了起來，拿起酒杯，自嘲笑道：「祝我們的漢奸生涯步步高升。」

「簡直是萬人之上！」白文韜也大笑起來，兩人用力碰杯，仰起頭來一口氣喝光了杯中物，「嗯，那，我先走了，你自己回去也要小心。」

「不用擔心，周營長在外頭等著。」唐十一朝他搖搖頭示意沒有問題，於是白文韜就拿了外套，就那麼離開了。

唐十一也沒有久留，他出了門來，周傳希就一臉疑惑地問：「你們……就這樣了？」

「我早就說過就這樣了。男人大丈夫拖拖拉拉幹什麼？」唐十一上了車，對劉忠說：「到平安戲院去。」

「現在過去，最後一場戲應該也落幕了。」劉忠提醒道。

「沒關係，我今晚在那裡過了。周營麻煩你帶些人馬給我把這戲院圍起來，誰都不讓進，你們也一樣。」唐十一說罷就閉上眼睛靠在了車窗上。

周傳希跟劉忠面面相覷，分明知道唐十一在逞強，但知道又有什麼用呢？於是兩人只能默不作聲，按照他的吩咐做了。

平安戲院的人收了錢，樂得不用看夜，也不管唐十一待在裡頭要幹什麼就屁顛屁顛地去喝酒了。唐十一打了一盞昏黃的舞臺燈，自己爬上了戲臺，看著空蕩蕩的戲臺發呆了一陣以後，鬼使神差地穿過了鬼門渡，走到了後臺去。

駐紮戲班的行當還在，華美的戲服乾乾淨淨地掛在衣架上，胭脂水粉、油彩漆墨也都整整齊齊地在妝臺上碼著。唐十一走到了一個位置上坐下，把那花旦頭面的脂粉暈了開來，仔仔細細地替自己化了個全妝。又揀了一套淺紫色的花旦行頭穿上，連假髮都熨帖妥當地戴好了，才認認真真地盯著鏡子裡的自己，從頭到腳，又從腳到頭。

豔麗古冶，顧盼含情，風華絕代，唐十一的娘絕對是把自己正印花旦的夢生到了唐十一的臉上去了。

可是不對，怎麼看都不對！

唐十一猛地抬起手來一把扯斷了一邊的垂髫，又用力抹花了臉上妝容，最後「啊」的一聲把桌上的東西都掃到地上，才像泄了氣的皮球一樣，軟軟地趴到了桌子上。

他突然就笑了，發出的聲音悶在花式繁複的戲服裡，似笑也似哭。他本以為自己是霍小玉，再怎麼艱難困苦，最終也可得個鏡合釵圓的結局。沒料到原來自己只是盧家小姐，不過是仗了那權勢，得了一場鸞鳳和鳴的空想罷了。

當真是該鏡合釵圓了，所以他這個仗勢欺人的反派該退場了。

天色慢慢露出魚肚白，周傳希剛在車上瞇了一會，就聽見值班的手下恭恭敬敬地喊「十一爺早」，他便迅速振作精神起來，「司令早！」

「辛苦你們了，待會我回家以後你們也回家去休息吧，我今天不出門了。」唐十一依舊是一身乾淨雅致，他抬頭看看天，把懷錶拿了出來，拆下上頭那根纖細的銀鍊子，扔到了溝渠裡。

新政府名義上正式啟動運作了，但一班官員事無大小均為皇軍服務，相較從前不過是多了一群人夾在中間而已，該剝削的該壓榨的還是一分不少。可是白文韜管轄的禁菸局抽取的「上牌費」卻是讓人有點摸不到頭腦，有錢人的挖空心思給他送禮想謀個私菸牌，他死活緊扣著不發。但那些平常癮君子，但凡能給得起錢、也不是什麼窮凶極惡之徒的話，他倒是挺爽快就發了。一個月下來，有商會的行家看出了貓膩，直接跟唐十一叫板，說他勾結白文韜打壓他們做私菸生意。

唐十一面對他們的責罵只是輕輕一笑，「你們是不是誤會了？那個私菸牌是為了方便菸民自己在家裡抽鴉片，不是讓大家做生意的。而他們抽的那些鴉片也還是從我福元堂買走的。各位老闆，怎麼，你們也有鴉片菸癮嗎？如果大家覺得我理解錯了，我們可以去禁菸局問問白局長的。」

明知道這就是句空話，但唐十一搬出了官腔來，那些想分一杯羹的商人也只能咬牙切齒地繼續打嘴仗，「誰不知道你跟白文韜那些勾勾搭搭的事情！問他有什麼用！」

「哦？那你打算如何呢，何老闆？」唐十一言笑晏晏的神情慢慢斂了起來，他站了起來，盯著那叫嚷的何老闆的眼睛，不急不慢地走到他跟前，微微彎下身子搭了搭他的肩膀，在他耳邊冷冷地問道：「要不你跟我走一遍憲兵部，找田中大佐討論討論？」

何老闆額上都滲出了細汗，唐十一說完就按住他的肩膀用力一推，把他那微胖的身軀撞在椅背上，自己則轉身走到了商會大廳中間去。

「我知道你們心裡不服氣，但又不敢發難，你們覺得我唐十一何德何能，一個黃毛小子也敢對你們指手畫腳。可是你們捫心自問，你們誰有人敢貫穿中國去走大連土？誰敢從廣州灣開艘船過麻六甲找馬拉土？你們是正正經經的商人，你們就是請人走貨，不過又是請些打手流氓，靠得住嗎？不怕被他們黑吃黑嗎？」

唐十一撇撇嘴角笑道：「我混到今天就只靠三樣東西，夠狠，不貪，有兄弟。你們哪天找到能去走這線路的人，儘管試試自己去運鴉片來廣州賣，我唐十一祝你們一本萬利。」

說罷，他把桌子上的一個茶杯「砰」地砸到了大廳正中，飛濺開來的茶水碎片讓四座之人都往後縮了縮——倒不是怕那區區茶水，而是唐十一爆發的怒氣。

「走了，各位不必相送。」唐十一砸過杯子就大步走出了會議廳，踢踢踏踏地走下樓去。

周傳希覺得，他肯定是被何老闆說的那句「你跟白文韜勾勾搭搭」激怒了，「司令，你要是不想人家嘴碎，我可以……」

「不用，就讓他們繼續誤會，以後有用。」唐十一拿手帕擦了擦手，劉忠就開車過來了，「對了，周營長，待會你提醒我，我從洋行得了一盒血燕，你幫我拿給白文韜，給小桃補身子。」

「司令，文韜都回來廣州三個月了，你幹嘛不自己去他府上拜訪呢？」周傳希皺著眉頭問道，「你老是讓我跑腿也不是個事。」

「我不就給你個藉口找他喝酒嗎，你還不高興了是吧？行，下次我讓權叔送，不找你周大營長當跑腿。」唐十一上了車，就跟周傳希開起玩笑來了，「你也好多點時間去找你的小辣椒小姐啊。」

「得了，反正我從來沒有說贏過你，司令讓我幹嘛我就幹嘛唄。」

周傳希完全投降，於是晚上，他只能拿著一盒血燕到白文韜家裡拜訪去了。

白文韜欣欣然接受了這贈禮，又留周傳希喝酒，「反正他已經明說了讓你過來喝酒，你就留下來喝兩杯吧！」

「我搞不懂你們到底在幹什麼。」周傳希環視一下白文韜的「家」，簡單來說，就是一個臥室加一個客廳而已，誰能想到這是禁菸局局長的家？

而且，這個家也沒有那位讓唐十一諱莫如深的女主人。

「十一覺得自己欠了小桃，他跟我一起，就是搶了本來屬於小桃的幸福。這道坎他跨不過去，誰都幫不了他。」白文韜把血燕跟之前唐十一送過來的東西一起放好，等過幾天就一併送過去給小桃。

「那你呢？」周傳希問，「你對他又是什麼態度？」

「沒什麼態度。」白文韜頓了頓，「就朋友的態度吧。」

「那你為什麼不娶小桃回來？」周傳希揭穿他，「你真的對司令沒心了，按照你那性格，絕對就娶她了。現在你照顧著她，卻又不娶她，分明是對司令還有意思，所以才這麼拖著！」

「周營長，你怎麼突然對兒女私情這麼清楚了呢？」白文韜擠眉弄眼地轉移話題，「看來我很快能添一個周大嬸了呢！」

周傳希搖搖頭，自己倒了一杯酒來喝，「我才沒你們那麼複雜，談個戀愛搞得自己遍體鱗傷的，你們讀書人真是難明白。」

「負心多是讀書人嘛！」

「哈！」

唐十一跟白文韜臺底下暗裡操作著，過不了三個月，田中隆夫就對唐十一大發雷霆了，「唐老爺，你從前答應我六四分賬，但這六成最近越來越少，比你受傷躺醫院的時候還少！你是不是未老先衰，沒力氣搞鴉片了？是的話你就趁早說清楚，廣州不是只有你一個可以賣鴉片的！」

一聽這話就知道有人在背後做小動作，希望得到田中的扶持了，但唐十一也跟他裝無辜，笑著回答道：「田中大佐，我早就跟你說過私菸牌不能發的，那些菸鬼得了私菸牌，自己抽一些，又幾個攬成一堆去賣一些，從我這裡原料價買了鴉片菸膏回去，轉眼就賣高一倍價錢給人了！當然了，他們私菸不用上稅給你，就算賣貴了一倍也還是比福元堂便宜的，自然就把我的生意分微了。我早就叫你不要讓禁菸局搞這個什麼發私菸牌的事情，是你不管才搞成這樣的。」

田中隆夫自知理虧，卻也不肯認錯，「我不管，反正無論用什麼方法，我一定要見到利潤回到從前的水準！」

「真的無論什麼方法都可以？」唐十一挑起一邊眉毛來。

「無論什麼方法！」

唐十一暗裡吸口氣，「方法是有的，那就是結束福元堂。」

「什麼?!」田中隆夫大吃一驚。

「大佐，先聽我說完。」唐十一小心翼翼地觀察著田中隆夫的臉色，娓娓說道，「現在的局勢，其實最難的並不是吸引菸民，而是鴉片膏的貨源。上頭打仗打得越發亂哄哄了，大連那邊的鴉片菸也不容易得到了。從前我走一趟，三十人可以運一百斤，現在只能運五十，還得一路提防打點，所以我打算把福元堂結束了，我的人全都去運鴉片，不光是大連，還有馬拉那邊的。而且我還要人到東莞番禺那邊去鼓動農民種罌粟，確保貨源不會斷。」

田中隆夫皺了皺眉，對唐十一的話半信半疑，「你只管拿貨，那賣貨呢？」

「大佐，你也會講嘛，白文韜賺的不就是我賺的？乾脆你就讓福元堂結束了，把所有的鴉片歸私菸格搞，每個人搞都要買私菸牌，每個月每個牌都要繳納稅款，不給的話就掃了。那網撒得更廣，又是一家獨斷，他們生怕別人搶生意，自會更賣力去吸引菸民賺錢，那麼鴉片銷售這塊你不還是收那麼多錢嗎？」唐十一笑笑，「然後，全廣州的私菸格都只能向我唐十一進貨，我賣鴉片得到的錢，再跟大佐你六四分。大佐你意下如何？」

田中隆夫臉色陰沉，緊皺著眉頭慢慢起身，踱著步子來到唐十一身後。唐十一沒有看他，只保持著一動也不動的姿勢盯著那空了的椅子。

軍棍猛地壓上了唐十一的肩，他微微蹙起眉尖，挑起眼睛來看了田中隆夫一眼。

「你找那麼多藉口，就是想讓白文韜參一腳而已。」田中隆夫用力壓了一下軍棍，「你跟他，真是再登對不過了。」

唐十一轉過頭去，彎起嘴角來笑道：「那大佐你願不願意讓他一起玩？」

「我說不肯，你也照樣讓他玩吧，唐老爺？」田中隆夫收回軍棍，似揶揄也似嘲笑地說，「禁菸局局長，我早就說過，玩男人玩得這麼厲害的，只有你十一爺了。」

「多謝誇獎。」唐十一皮笑肉不笑地說了一句，就起身離開了。

從憲兵部裡出來沒幾步，就看見白文韜的車子停在一邊等了。唐十一有點驚訝地走過去，彎下身子隔著車窗對裡頭的白文韜問道：「你怎麼來了？」

「你昨天交了數，今天田中隆夫不找你麻煩才怪。」白文韜打開車門讓唐十一上來，「上車再說吧？」

「嗯。」唐十一上了車，就跟白文韜交代了剛才跟田中隆夫的商談結果，說完了猶豫了一下，還是把最後的那些話也交代了，「他好像還以為我跟你是一伙的，為了讓他相信我就沒糾正了，你不要介意。」

白文韜其實有點意外唐十一會告訴他，「嗯，沒關係。」

「我過幾天就去鄉下地方走走，讓農民們種罌粟。」

「你真的打算種罌粟？」白文韜搖頭道，「現在到處都鬧飢荒，你還讓農民種鴉片不種農作物，是不是……」

「如果他們不種鴉片，他們所有的收成只會被皇軍沒收。」唐十一說，「田中隆夫答應我，只要是種罌粟的農戶，皇軍就不會去騷擾，他們種出來的罌粟收割以後要由我來點收。我算過了，按照這邊的天氣，只要種兩季，收割的罌粟就足夠了，剩下的一季他們可以種其他作物，也不用擔心會被皇軍騷擾。」

「鄉下地方，可能你十一爺的名聲就打不響了。」白文韜說，「不如我們反過來吧，我去鄉下，你在廣州？」

「哈，你是看扁我吃不了苦？」唐十一不服氣，又指著他那身挺括的局長制服說，「你現在已經不是一個小雜差了，你是禁菸局局長，哪能隨便跑掉呢？汪市長要是找你你不在，那可怎麼辦呢？」

「我不是看扁你，只是有些擔心而已。」白文韜笑笑，算了，唐十一決定要做的事情哪有自己能勸得動的？「那乾脆今天我請你吃飯，當作餞行好了。」

「不了，我回去還有事情要忙。」唐十一搖頭，「你送我回家就好了。」

白文韜知道唐十一故意躲著他，只好順著他的意思吩咐司機了，「嗯，好。阿成，往沙面去。」

唐十一坐言起行，過不了幾天就帶著人馬外出找農民種植罌粟了。白文韜本以為他滿腹黑水只能對付同樣心計濃重的老狐狸，對著直率坦白的鄉民反而會言語不合，但一個月以後他就收到唐十一的電話，說一切順利，讓他不必擔心。

白文韜掛電話以後，思前想後還是認為得去看一看心裡才踏實。

廣東的六月天早已熱得人汗流浹背，白文韜趁著天色未亮就出發了，但到了番禺，熱頭已經開始冒出紅火來，蟬鳴更讓人覺得滿心煩躁。白文韜下了車，找到了唐十一下榻的招待所，知道唐十一下田地去了，就戴了個草帽，也朝農田走去。

滿眼都是綠油油的幼苗，白文韜看著那些幼嫩的莖幹，心裡滿不是滋味。他知道那些就是罌粟苗，兩三個月以後就會開出豔麗的花朵，隨後結果，變成害人的鴉片。如果在兩年前，說不定白文韜會跟唐十一一樣，一把火燒了它們。可現在，卻只能靠它們取信日本人，只能靠著這微薄的信任苟延殘喘。

白文韜嘆口氣，繼續往前走，走了一會，就看見田埂上有三四個人坐著聊天，其中一個穿著棉布短褂、拿著草帽扇風的，不就是唐十一了？

「十一！」

白文韜朝他們打招呼，唐十一聽見叫聲轉過頭去，馬上笑出了一口白牙。他跟那幾個農夫說了一聲，就跑著迎上去了，「你怎麼來了？」

「我還擔心十一爺搞不定，看來我真是多慮了。」白文韜仔細打量著唐十一。一月不見，唐十一黑了好多，也不知道是不是因為膚色黑了，看著也有點瘦了。

「我們到樹蔭下再聊吧！」

大概是在鄉間生活單純簡樸，唐十一少了些在廣州城裡的陰鬱，拉著白文韜到一處高地，揀了一棵樹蔭濃密的大樹底下坐了，又拿了水壺給他，「我們兩個都多慮了。」

「怎麼說？」白文韜也確實渴了，接過水壺來「咕咚咕咚」地喝了一大口。

「我們把農民想得太複雜了，他們根本不會有我們那麼多的想法。我說你們種罌粟，我給錢，種夠數目以後你們種自己想種的，就歸你們自己。他們一聽就樂了，都不用我去宣傳，就呼朋喚友地過來要跟我合作了。」唐十一說著，那水壺拿了回來，也不介意白文韜喝過，直接對上壺嘴就喝起來了。

「其實農民很簡單的，不過求兩餐溫飽，思想簡單些，也挺可愛的。」

「是啊，可愛，也可悲。」唐十一轉過頭去看白文韜，一剎那又是那個唐十一了，「就算明知道種出來的是鴉片，是害人的，也還是歡天喜地地種，不知道該感謝他們還是怨恨他們。」

「要這麼算的話，那廣州人是該感謝我們還是怨恨我們？」白文韜把自己的草帽摘下來，蓋到唐十一頭上，「有些事情，說不清楚的，反正必須要有人做的事情就由我們去做。對吧，十一爺？」

唐十一心裡一跳，帶著熟悉體味的草帽蓋在他頭臉上，聽在耳裡的話也似曾相識，他莫名地覺得比剛才更熱了，「天越來越熱，這樣晒下去會中暑的，我們回招待所吧。晚點我帶你到附近的罌粟田轉轉，你回去也好跟田中隆夫彙報。」說著，他就站了起來，快步走下高地。

「我為什麼要跟田中隆夫彙報？」白文韜起身跟上，不解地問道。

唐十一一愣，「不是田中隆夫叫你過來看看我搞罌粟田搞得怎麼樣的嗎？」

「他沒叫我啊，是我自己想來看看你而已。」

「哦。」唐十一腦子裡頓時一片空白。不對，這樣不對，他是有家室的人了，而且他夫人還是小桃呢，唐十一，你不應該再痴心妄想，「那，還是先回去……啊！」唐十一心不在焉，竟然一腳岔空就往田裡滾了下去。

「十一！」

白文韜連忙伸手拉他，卻是被他帶著一起骨碌碌地滾了下去，直到撞上了田壟才停下來。雖然那高地不算太高，耕作土也不算硬，可這一路滾下來還是痛得兩人齜牙咧嘴，倒一時忘卻了抱在一起的尷尬。

「十一！你沒事吧？」白文韜撐起身子來，扶唐十一起來。

「哎喲，不成！」唐十一卻是痛得一臉煞白，「腳！腳扭到了！」

「唉！」白文韜握著他的腳，拉起褲腳來查看，果然腫了一片，「我背你回去。」

「啊？不用，你扶著我就是了……」

唐十一想推辭，白文韜已經蹲下來架著他胳膊把他拉上背，「你要是不讓我背呢，我就只能像抱女孩子一樣橫抱著你回去了，你自己選擇好了！」

「有你這樣對待傷患的嗎！」唐十一哭笑不得，只得趴他背上了，「你背我到招待所就好了。」

「那裡有跌打酒嗎？」白文韜把他往上顛了一顛就往招待所走。

「給那看店的大叔兩塊錢，讓他去附近的市集買就好了。」

「周營長呢？還有權叔？」

「權叔我沒帶來，周營長我讓他去做別的事了。」

「別的事？」白文韜皺了皺眉，停住腳步，轉動脖子去看唐十一，「你可別又做什麼玩命的事了吧？」

白文韜一轉過來，幾乎就貼上唐十一的臉了。唐十一直起身子來跟他拉開距離，「就是走貨啊。現在不能讓你白局長去，就只能勞動我們周營長了。」

那條路的確有些凶險，派周傳希去是最穩當的，於是白文韜也不再問什麼了，就背著他往招待所走回去。

唐十一慢慢把身子重新趴回去，閉上眼睛，把頭擱在了他肩上。

田鄉寂靜，陽光絢亮，知了「吱吱吱」的叫聲響徹天地，好像藍天之下綠地之上，再無他人。

白文韜沒告訴唐十一，他睡著了以後緊緊地摟住了他。

一九四〇年八月，壟斷廣州鴉片生意的福元堂正式結束營業，廣州禁菸局允許個人申請私菸牌照開設菸格。但同時中日戰局越發僵持，水陸兩路的鴉片運輸都受到極大打擊，唯有靠唐十一在番禺等地種植的鴉片土菸解決供貨難題。田中隆夫由此對其保護更甚，不允許皇軍踐踏農田，騷擾農民。

在廣州叱吒風雨的唐十一爺自此在農田鄉間的時間更多了，但那些搞菸格的老闆心裡明白，鴉片菸土最終還是歸唐十一管的，要想拿到優質貨源不得不巴結。所以即使他神隱一般偶爾才回一回廣州城，也盡受廣州的老闆們巴結歡迎，不但沒有因為福元堂的結業而被踢出局，反而成了操縱棋局的規則制定者。

一九四一年十二月二十五日，香港淪陷。

石室教堂裡頭，身穿黑色牧師袍的中年男子，帶領著一群教友吟唱聖詩，鋼琴演奏著平靜而哀傷的曲調，連同教友們所唱的聖詩都帶著無法掩飾的傷痛。

唐十一在英國留學過兩年，回國以後，就跟石室教堂裡一個叫約翰的外國牧師成為了朋友。他曾經問他，中國打仗打得那麼厲害，為什麼還要留在中國。約翰說，就因為中國在打仗，所以我才要留下來，為人們傳播信仰，讓上帝拯救這些惶恐無措的迷途羔羊。

唐十一尊重約翰的信仰，當時只是笑笑。然而此時，他真的很想去再問約翰一次，你真的覺得上帝能拯救中國人民嗎？

約翰沒有辦法回答他，他在香港布道的時候被日本人當做非法入境者殺死了。平安夜，沒有一件事是平安的。唐十一攥緊了拳頭，猛地站起來，轉身離開。約翰，你錯了，從來都是只有自己才能救自己的。

一九四二年春節剛過，唐十一就從廣州趕回了番禺，盯著農民犁地播種，稍有天色異變就緊張地在各處巡查。好不容易熬到了暮春，農作物都長得壯健實在了，他一口氣鬆脫下來，便「轟隆」一下病倒了。

白文韜知道唐十一病了，馬上就趕到他所在的鄉鎮醫院。唐十一剛剛打了退燒針，護士正給他打葡萄糖。見白文韜氣喘吁吁地跑進來，他強撐著一直發冷汗的身體取笑白文韜道：「大驚小怪，我唐十一哪能子彈都不挨一顆就死掉的？」

「廣州城裡的十一爺自然沒那麼容易死，可農民唐十一我就不知道了。」三個月不見，唐十一的臉瘦了一圈，更顯得那雙眼睛大得磣人。白文韜等護士出去了才問道：「你怎麼突然卯起勁來了？」

「我讓他們減少了三分之一的罌粟種植面積，改種糧食了。」唐十一眨了眨眼，白文韜是瞞不過的，還是照實說吧，「所以剩下的罌粟田不能有一絲一毫的差錯，要不上交的數目不對，就蒙不過日本人了。」

「你這次又要幹什麼呢？」本來跟皇軍協商的是一年三造，兩造罌粟一造糧食，勉強夠供應廣州的人口，如今唐十一改變想法，白文韜猜想他一定是得到了什麼消息。

「我不知道。」唐十一搖搖頭，「我只是覺得，起碼要讓廣州的人吃飽。多種糧食總沒壞處。」

「香港雖然淪陷了，但是我聽說他們會派發糧票，每戶每天能領取糧食，應該還不致於太糟糕。」白文韶拿手絹擦了擦唐十一額上的虛汗，「你先把自己累垮了，誰來看著廣州呢？」

「就是香港淪陷了，所以不能再把孤兒往那裡送了，他們待在廣州，我總要養活他們。」唐十一沒有閃躲白文韶的動作，只垂下眼睛來，「廣州現在怎麼樣了？」

「還是那樣子，汪宗偉很信任我的，你不用擔心。」

唐十一終於忍不住問道：「文韶，為什麼汪宗偉那麼信任你呢？你去接小桃那段期間發生了什麼事？」

「汪宗偉在赴任的路上遇上了埋伏，我救了他，然後他知道了我本來在廣州當過員警，就讓我幫他忙。」白文韶輕描淡寫地交代過了，就起身告辭，「你好好休息，我過幾天再來看你。」

為什麼汪宗偉的行蹤會被你知道，你又剛好能在他被襲擊的時候救他呢？你又為何救他，單純地路見不平還是早就知道他的身分趁機巴結？唐十一想要問的問題在心裡打成了死結，可到了嘴邊，也只能說一句：「嗯，好的。」

白文韜做事又何須跟他報備？他又不是他的誰。

況且，他回來並不是向他報復，成了禁菸局局長也不是為了跟他唱對臺，還和他有志一同地為廣州民生做事，已屬難得了。

唐十一目送白文韜離開以後，慢慢躺到床上去。再給我一點時間吧，我終有一天會親自上門跟小桃謝罪的。

到那一天，我就真的能把他只當兄弟來看待了。

一九四二年，香港爆發全面飢荒，市面上糧食不足，生活艱難。政府民治部成立了「歸鄉指導委員會」，每月安排火車和輪船將市民強行遣送離港，但這些交通工具只將人送出境，離境後回鄉的路途就要各人自理。大部分難民無力回鄉，紛紛湧進距離香港較近的廣州、佛山、新會等地，其中尤以廣州最甚。一九四二年年中，廣州人口急劇上升，街上難民眾多，餓殍遍地。田中隆夫下令控制難民進入廣州城區，故廣州城郊多有難民流浪圍聚，城裡城外，哀聲一同。

日軍自從在太平洋戰爭上失利，已經無暇南顧，軍糧供給大不如前，所以唐十一送白米麵粉到憲兵部時，田中隆夫驚訝得說不出話來，「唐老爺，我只讓你交鴉片，你竟然連糧食也替皇軍準備了？」

「大佐，你應該知道，皇軍如果失敗，抗日軍隊一入城，我這個漢奸肯定是死在第一的。」唐十一讓田中隆夫安心收下糧食，「農田裡多數是罌粟，所以只有這麼些糧食了，大佐你勉為其難收下吧。」

「唐老爺，你可以叫那些農民開始種糧食了。」田中隆夫估計一下農時，的確要先把肚子填飽了才能賺錢，「但是種出來的糧食，要分七成給皇軍。」

「好，我回去就跟他們交代。」唐十一自然不會告訴田中隆夫他早已經讓農民把罌粟割了個乾淨，開始播種第二造糧食了。

唐十一在城外，借招攬農民種田的藉口儘量照顧難民的生計。而在城內，白文韜跟田中隆夫說他有辦法「整頓廣州市容」，就是開放防空洞作難民營，把難民都往那裡趕。田中隆夫應允，十多天後，他再次上街的時候發現果真少了很多衣衫襤褸臭不可聞的乞丐，頓時覺得神精氣爽，連連稱讚白文韜好手段。

他當然不知道白文韜把難民都趕到防空洞以後，並不是任由他們自生自滅，而是跟從前警察局的手足一起偷偷運白粥饅頭去救濟他們了。

唐十一借著運鴉片入城的機會又偷運了一批白米到難民營，白文韜指揮手足把糧食收好後，拉著唐十一到難民營的一角去，「十一，有人想見你。」

「想見我？」唐十一皺眉，「怎麼會有人知道是我送糧食的？」這事要是傳出去被田中隆夫知道了，他絕對不會放過他的。

「你就去見見他吧，沒關係的。」說話間，白文韜已經帶他繞過兩條暗巷，從一處偏僻的入口繞到了防空洞的尾端去。

甫進地道，光線一下陰暗下來，唐十一頗不習慣，慢慢走了幾步才看見了微弱的手電筒黃光。只見兩個披著薄毛毯的人影背對他坐在地上，白文韜上前幾步，拍拍他們的肩膀。

那兩人轉過頭來，唐十一仔細打量了一下，驚訝得合不上嘴，「銘仔?!你怎麼會在這裡?!」

「十一！」

那兩人正是幾年前逃到了重慶的羅志銘夫婦。羅志銘一見唐十一就忍不住紅了眼，他轉身朝他走去，唐十一快步上前扶住了他的手，「你怎麼回來了？你們不是到重慶後方去了嗎？」

「我們的確是到重慶去了，但是我們人生地不熟，本以為用錢財疏通了那邊的軍閥就好，誰知道那些軍閥來了一批走一批。一年換幾批，我們那些家底很快就被掏空了，所以就逃到香港去了。」羅志銘一低頭，眼淚就落下來打到十一手腕上了，「誰知道，現在又……」

「沒事的，人活著，總有辦法的。」唐十一拍拍他的肩，「你們不要繼續在這裡了，明天到我公司去。我萬匯這麼大的公司，總有些事情可以讓你們做的。」

「你、你願意讓我們去萬匯工作？」羅志銘很是意外，雖然他本來就想開口求唐十一給他個糊口的工作，但由他首先提出來，著實讓他意想不到，「我們當初那樣對你，你、你還願意幫我？」

「你也會講是當初了，現在時勢這麼艱難，難得還能見到你們這些兒時好友，還有什麼好計較的呢？」唐十一用力搖了他肩膀兩下，「沒事的，我們一定熬得過去的。」

「十一……」羅志銘扯著十一的衣袖「撲通」一下跪下了，大哭了起來，「謝謝你，謝謝你！」

「幹什麼呢！」十一連忙扶他，「你起來啊！」

「謝謝你，謝謝你守住了廣州！」羅志銘哭著指了指剛才他們兩夫妻在吃的白粥饅頭，「如果不是你、如果不是你，我想我們就算回到廣州，也只有死路一條啊！」

「……你先起來。」唐十一用力把羅志銘拽起來，冷著臉說：「你記住，不要對任何人說這些接濟食物是我拿來的，要不你小命難保，我也會惹上大麻煩。」

羅志銘連連點頭，「知道，我知道了。」

「我走了，明天你到萬匯來。」唐十一匆匆交代了一番，就快步跑了出去。

白文韜見唐十一神色有異，便跟著他走了出來。卻見唐十一越走越快，最後竟是跑了起來。

夜裡無故奔走可是會隨時被巡夜的皇軍開槍擊斃的，白文韜連忙追上捉住他，把他拉到騎樓底下去，「十一！十一！你怎麼了？」

「放開我！」唐十一使勁低著頭往騎樓角落裡縮，「你走開！別看我，別看我！」

「唐十一！」白文韜捉住他的肩膀逼他面對自己，卻見他早已經雙眼通紅，眼淚流了一臉，「你怎麼了？」

「我沒守住廣州……我根本沒守住廣州！」唐十一捉住白文韜的手臂，低著頭嗚咽，「我對不住唐家門楣，我對不住五千士兵，我對不住譚副官，我對不住你！我是送孤兒去香港了，那又怎樣，他們還不是餓著肚子又回來了？我是拿食物來接濟難民了，但是有更多無辜的人根本連廣州城都進不來就餓死了！多好的白米，多好的麵粉，七成，卻要七成給那些蘿蔔頭！我根本什麼都沒做好，我根本什麼都沒做到！我哪裡守住廣州了？我哪裡守住廣州了！」

唐十一涕淚俱下，越發激動，白文韜往前一步把他抱進懷裡，把他逼到了牆角落裡。全然的黑暗中，唐十一再也站不穩了，頹然坐到了地上，白文韜也隨著他跪下，把他的頭按在自己懷裡。

「你要這麼說，我也只能這麼聽你說了。」白文韜一下一下地撫著他的背，「我不知道你做得夠不夠好，但現在防空洞裡至少一萬個難民都在吃著你種出來的米熬成的粥，廣州還不用像香港一樣強行把人口遣散到別的地方去。這些是你做到的事情，就算沒有人知道，我知道，我什麼都知道的。」

唐十一沒有回話，他只埋在白文韜懷裡壓抑而用力地哭著，捉住白文韜的手指關節都泛白泛青了，好像要把這些年來忍下來的眼淚一次哭光似的。

白文韜一言不發地讓他哭，心裡泛酸。唐十一啊唐十一啊，你這個傻瓜，大傻瓜，你那些心狠手辣到哪裡去了呢？你對別人要是有對自己一半的鐵石心腸，就不會把自己壓得這麼辛苦了啊……

唐十一哭得快要喘不過氣來了，才推開了白文韜。他拉起衣袖擦乾淨了臉，使勁抽了抽鼻子，抬起頭來，還好黑暗中看也看不真切，「我要回去了。」

「嗯，我送你。」白文韜鬆了手，不讓他難堪，拍拍衣服就先走在了前頭。

唐十一跟在他身後，半步的距離，不多不少，伸手可及，卻又明顯地疏離著。沒有觀眾啊，到底在演給誰看呢？唐十一看著前面那熟悉的寬厚背影，一眨眼，又掉了一顆淚珠下來。

如果一直演著這戲，是不是有一天就能演到屬於我們的鏡合釵圓？

第十三章

秋老虎耍過最後的威風以後，天氣便一天寒似一天了。唐十一看著那些只剩下莖稈的農田，眉心糾結。沒有了，所有的糧食儲備就那麼多，再沒有補給了。他不敢想像這個冬天會有多少人熬不過去，即使熬過去了，那些撐下來的人，又能等得到明年開春嗎？

唐十一捏了捏眉心，背後傳來敲門聲，是周傳希。「司令，有一個女人說想見你。」

「女人？是什麼人？」

「她說……」周傳希猶豫了一下，「她說她是你的小情人。」

「我的情人十個手指數不過來。」唐十一搖頭笑笑，大概是那些露水情緣有求於他所以來拜訪。一夜夫妻百夜恩，罷了，「讓她進來吧。」

「是，司令。」

周傳希遵照唐十一的話把那個求見的女人帶了進來，唐十一卻覺得面生，絕對不是曾經跟他好過的女人，一下警惕起來，「妳是誰？」

進來的女人燙著時尚的捲髮，一身素雅的藍色衣裙，長得漂亮，卻不是唐十一慣常交往的小姐那種脂粉氣。她看唐十一如此警戒，有點委屈地扁了扁嘴，「十一爺，你當真忘了我這個小情人了。」

「妳……」聽了那聲音，唐十一倒是模模糊糊地有了印象，「趙玉瑩！妳是那個日文老師！」

「總算沒讓你白親一口。」趙玉瑩笑了，氣氛緩和了下來。

「我不是把妳送到香港了嗎？妳也被遣送離開了？」但觀其打扮，又不像難民。

趙玉瑩搖頭，「是組織讓我回來的，以財政廳廳長情人的身分。」

「情人？」唐十一頓了頓，「那妳來找我，不怕他吃醋嗎？」

「十一爺，我時間不多，就長話短說了。」趙玉瑩打開手袋，從裡頭拿出了一本牛皮筆記本，「我完成任務，要離開廣州了，但我怕自己不能成功逃出去。如果一個星期後你沒有看到廣州日報上刊登署名是小趙的尋人廣告，請你務必把這個本子送到廣西林浦縣洛溪五十六號，就說是小趙送東西，放下就走。」

唐十一沉下了臉色，「我不能幫妳這個忙。」

「十一爺，我知道你一定會幫我的。」趙玉瑩上前幾步走到唐十一身邊，蹲下身子來把筆記本塞進他手裡，握著他的手，語氣帶著篤定的誠懇，「廣西林浦縣洛溪五十六號，小趙來送東西，放下就走。」

唐十一用力抽回手，閉上眼單手扶了扶額角，「我找人護送妳走。」

「十一爺，被捉到了你就是現行，逃不了的，不要冒這個險。」趙玉瑩抬著頭看唐十一，「日本在太平洋上吃了大虧，已經是強弩之末了。很快，這一切很快就會結束了，我們會一定能夠熬到那一天的。」

「能熬到那一天嗎……」唐十一嘆了一口氣，一邊捉著她的手臂扶她起來，一邊就喊了周傳希進來，「周營長，把這個女人護送到她的目的地，不能有一絲差池。」頓了頓，他又補充道：「她不是我的情人，是抗日情報人員。」

周傳希本也奇怪怎麼有女人山長水遠地跑到番禺來找舊情人，如今知道了趙玉瑩的身分，立刻就肅然起敬，端正地行了個軍禮，「周傳希一定完成任務！」

趙玉瑩連忙擺手，「周營長你別這樣，我受不起呢！」

「客套話就省了吧，周營長，事不宜遲，你趕緊收拾一下，準備護送趙小姐離開。」唐十一轉過頭來皺著眉頭對趙玉瑩說：「我不會替妳送這個信的，所以妳一定要安全到達目的地，知道嗎？」

趙玉瑩怔怔地看著這個男人，現在她才意識到自己為什麼要來找他。五年前那個只知道風花雪月的紈褲子弟，已經悄悄地成了能夠委託密函的可靠男人了。而最讓人吃驚的是，你不刻意去想的話，根本不會發現。他不是那些轟轟烈烈地一仗成名的英雄，而是一鍋慢慢升溫的暖水，終有一天敵方會因為忽視他而被燙得皮開肉綻。

「好，十一爺，我答應你。」趙玉瑩忽然也立正了，向他敬了一個軍禮，「趙玉瑩一定完成任務！」

周傳希帶上了盡可能多的槍支彈藥以後，就護送著趙玉瑩到番禺郊外一個專門用來裝卸貨物的碼頭。

一路走來多是村野住民，一年多下來也對周傳希見慣見熟，於是也沒人懷疑他到此作甚。周傳希偶爾還跟路邊的攤販說兩句家常，好讓兩人看起來像是朋友出來閒逛，以免在碼頭附近巡邏的日軍疑心。

「喂！那裡！兩個人！」

果然，一靠近渡頭，就有日本士兵喊住他們了，用生硬的中文說著一些不成句子的單詞，「這裡，幹什麼?出入證?」

「長官好，我是唐老爺的手下，來這裡檢查貨物。」周傳希說著，推了一下趙玉瑩的肩膀，趙玉瑩便原話翻譯了一次，又說自己是隨行翻譯。

「哦，原來是唐老爺的人，」士兵們見她會講日文，講話也隨和了，「檢查貨物可以，但是只能你一個人過去，這個女人要留在這裡。」

死日本色鬼。周傳希在心裡罵了一句，對趙玉瑩說了句「我很快回來」就跑向了停泊在碼頭邊上的船隻。那幾個日本士兵就趁機對趙玉瑩摸手搭肩了起來，趙玉瑩一邊賠笑一邊躲避著。還好他們看在唐十一的面子上也不敢太過分，只是吃吃豆腐，看周傳希回來了，就聳聳肩放開了她，「檢查完貨物就走，不要逗留！」

「是。」周傳希一肚子火，拉著趙玉瑩快步往回走。

「周大哥，我們去哪裡？」趙玉瑩差點跟不上他的步子。

「在碼頭走不行，太顯眼，距離這裡大概十里路有個野渡口，很少人知道的。剛才我買通了一艘船，待會有小船過來接妳，在駛出海以後會跟大船會合，從水路到廣西，雖然曲折一些，也比火車安全。」周傳希回頭看看她，減慢了一點步伐，但還是走得很快，「我們要快點，妳要在黃昏前上船，到會合大船時天就黑了。兩船停靠在一起以免風浪打翻也是常見的，不會惹人疑心。」

「嗯！」趙玉瑩點點頭，不再說話，兩人快步往那野渡口趕。

日頭慢慢西斜，趙玉瑩雖隸屬部隊卻也不是武官，走了五六里路後已經上氣不接下氣了。但她咬著牙堅持，決口不提休息，她知道現在如果她被捉了，不僅無法把消息及時傳達給組織，還會拖累唐十一被認為是遊擊隊，她絕不希望這種事情發生。

「趙小姐，加油，很快就到了！」周傳希看見她那麼拚命，而且時間的確緊迫，只能鼓勵她堅持了，「不用一個小時就到了，堅持一會！」

趙玉瑩咬牙點頭，繼續跟他在人煙稀少的山林野地裡穿行。大概三十分鐘後，已經隱隱聽得見海浪拍岸的潮聲了。

兩人擦擦汗水，抖擻精神準備一口氣走完最後的路程，卻在走出密林後不遠就被一聲日語的「停下來！」定住了。周傳希把眼睛跟額前的汗水擦個乾乾淨淨才跟趙玉瑩一起轉身，鞠躬道：「長官好。」

這隊巡邏至海灘附近的士兵人數很少，只有五個人，大概也不是來巡邏，是來偷懶的。他們「嘰哩呱啦」地說了一堆話，趙玉瑩微微鞠躬，用日語回答了。

那些士兵對於趙玉瑩說得一口流利日語感到驚訝，帶頭的人半信半疑地做個「快離開」的手勢，趙玉瑩拉了拉周傳希的手，說：「我告訴他們，廣州城裡的日軍因為糧食補給不及，很多人都患了瘧疾，我跟你到這裡是來採藥草的。」

「謊話還編得挺順溜啊。」周傳希笑笑，兩人一起對那些日軍鞠了躬，慢慢往回走。

周傳希步子放得很慢，留心聽著背後的聲響，走了六七步，他聽見了那些士兵陸續轉身的聲音，於是馬上回身從懷裡拔出手槍，「砰砰砰」連發三槍爆了三個鬼子的頭。

剩下兩個離得較遠的士兵卻是反應各異，其中一個大吼著「巴格野羅」開槍還擊，另一個卻迅速往密林裡逃跑了。周傳希撲在地上躲開子彈，補上一槍結果了那個還擊的士兵後就快步去追那個逃跑的，但山林深密，那人早已不知去向。

「周大哥！」趙玉瑩追上去，「周大哥！你沒事吧？」

「我沒事，可讓那鬼子跑了。」周傳希皺著眉頭犯難，如果那鬼子只是貪生怕死逃了倒沒關係，但萬一他回去通風報訊，又認得他，這可不妙。

趙玉瑩也想到了同樣的擔憂，她深呼吸一口氣說道：「周大哥，你把我交出去，就說是幫忙捉到了遊擊隊。」

「先不說他們會不會相信這番說辭，」周傳希轉過頭來，似乎非常不高興地盯著趙玉瑩道，「妳覺得我周傳希是這樣的人嗎？還有唐司令，他知道我這樣做，能饒了我嗎？」

「周大哥，我不是這個意思！」

趙玉瑩連忙解釋，卻被周傳希打斷了，他捉住趙玉瑩的手，快步往野渡口跑去。

日暮時分的斜陽把海水染成一片通紅，猛烈的海風刮到眼睛裡有些鹹味的刺激感，一艘小船平平穩穩地離岸，慢慢變成微小的黑點。周傳希在野渡口的木棧橋上坐下，摸出一支菸，悠悠閑閑地點上了，深吸一口，吐出棉白的煙圈。

大批人員跑步前進的聲音由遠而近，周傳希還是淡定地抽著菸，好像那批來到棧橋附近拿槍包圍著他的都是木頭頑石，他不動，也不說話，只慢悠悠地抽著菸。

一名跟周傳希交過手的中佐走上前來，腰杆挺得筆直，「周營長，交出那個女孩。」

周傳希用力抽完最後一口菸尾，站起來，把菸頭扔到地上踩了兩下，和著一口濃煙開口道：「中森中佐，你要找女人是不是來錯地方了？」

中森彥一皺著眉頭，轉過臉去躲開那口濃煙，「不要狡辯了，我的手下分明看見你帶著一個可疑的女孩來到這裡，別以為你不說就沒事，我已經叫人出海攔截剛才那艘小船，到時候你就無法抵賴了。」

「你手下看見我帶著一個女孩，我還看見你手下帶著一個男孩呢！」周傳希聳聳肩，「口講無憑，你有什麼證據？」

「我們暫時沒有證據，所以只能請你跟我回去，直到調查出結果了。」中森彥一冷著臉做了個「鎖」的手勢，幾個士兵就擎著槍小心翼翼上前，想要把周傳希押走。

周傳希沉下眉眼來，不知道他要作何打算。

「中佐，打狗也要看主人面啊。」

突然傳來一個冷漠的聲音，只見唐十一在十多個手下的保護下往棧橋走來。包圍棧橋的日軍看看中森彥一，得到「放行」的指示，才讓開路來給唐十一走到棧橋上去。

「唐老爺，如果你不想被這條狗連累的話，最好還是拋棄他算了，養另外一條也不是難事。」中森彥一知道田中隆夫還是很依賴唐十一的鴉片貨源跟糧食供應的，也就留他三分薄面。

「話可不是這麼說，我們中國人重感情，即使是一條狗，養得久了也會有感情的。為什麼呢？因為狗吃著我給的飯，斷不會反咬我一口，這點比很多人都強。」

唐十一暗語諷刺，中森彥一深呼吸一口氣壓住怒火，「那個女孩是遊擊隊的情報人員，對我們皇軍大大不利。如果不找出來，唐老爺，別說你的狗，連你也不能置身事外。」

「反正你已經派人去攔截那艘船了，等船靠岸了，一個個清點人數不就行了？」

唐十一道，「那女孩總不至於消失在大海裡吧，等你找到她了再來審問吧。」說著，唐十一就捉住周傳希的胳膊要拉他走。

「站住！」中森彥一喊，包圍著他們的士兵全都「喀嚓」一下把槍上了膛，唐十一停住腳步，「唐十一，你可以走，周傳希不能！」

唐十一回過頭來，暮日血紅的色澤都凝聚在眼睛裡，他彎起嘴角來，「我今天就是要帶周傳希走，你有種就開槍，廣州以後的鴉片跟糧食，就麻煩中森中佐你多費腦筋了。」

「你！」

「精兵營營長周傳希！」

唐十一突然大喊一聲，周傳希好久沒聽見這稱謂了，當下立正敬禮，「在！」

「護送我離開！」

明明是唐十一護送周傳希離開，但他卻偏偏倒過來說，除了想殺殺日軍的威風，也是想周傳希知道，這是命令。唐十一命令他護送他安全離開，他就不能動一絲犧牲自己保全他的念頭。

周傳希覺得眼睛一陣陣澀痛，他用力一併腳，威風凜凜地回答道：「是！司令！」

唐十一昂首闊步地往岸上走，中森彥一卻也真的不敢叫人開槍。眼看他們就要離開了，突然，一輛軍用越野車飛快地開了過來，帶起一大串的沙石。唐十一一愣，定在了原地。

只見田中隆夫從軍用車裡鑽了出來，一臉陰沉的神色。看來趙玉瑩得到的情報當真非常了不得，這回的浪頭唐十一不知道自己還能不能拋過去了。

唐十一先發制人，迎著笑臉上前打招呼，「田中大佐，怎麼勞動你到這種山村野地來了呢？」

「唐老爺，不用說了，我今天一定要找到那個女孩。」田中隆夫揚手打斷唐十一的話，盯著周傳希說，「周營長，我知道你是硬漢，但是怎麼硬都硬不過子彈的，還是從實招來得好。」

周傳希嗤笑一下，「田中隆夫，如果我有心欺瞞你，我何不隨口編一個地方讓你們去找呢？就算找不到，也可拖延我的小命幾天，我就是不想說假話，才告訴你我不知道的。」

「好，那我就看看周營長可以誠實多少天，帶走！」

「等等！」唐十一阻止道，「田中大佐，你不是不知道周傳希是我的得力助手，你突然把他帶走，我會很麻煩的。這樣吧，你們不是已經派人攔截出海的船隻了嗎？我們在這裡等，等船隻靠岸來，一個個清點人員，如果真的有那個女孩在，真的是周傳希把她送上船的，你儘管帶他走。但如果沒有，請大佐你賞我個人情放他走，我保證周傳希不會離開廣州，以後只負責城裡的事務，規規矩矩，絕不再做任何讓你疑心的事情。」

田中隆夫剛想開口，唐十一又道，「鴉片膏的利潤我再給你一成，無論那女孩在不在船上。」

「好，我就給你一個面子，清點了船上人員再決定怎麼做。」田中隆夫說完，就吩咐中森看著他們，自己回到軍用車上歇息。

那艘小船靠岸的時候，天色已經變成絳藍了。幾個日本士兵打亮了手電筒，一個個照那些從船上下來的人。

船上除了貨物就只有三四個運貨的男人，明顯不是日軍要找的女間諜，他們又端著刺槍把裝著貨物的麻袋、箱子都刺了個遍，還是毫無發現。

「大佐，這應該是個誤會了。」等士兵檢查完了，唐十一才跟田中隆夫說道，「既然沒有所謂的女孩子，那周傳希他……」

「也有可能是這艘船在海上跟其他船隻進行了人員轉移。」中森彥一冷然道，「大佐，我建議把今天出海的船隻都攔下盤查，一定會有發現。」

「好啊，但這番功夫可不是一兩個鐘頭的時間，大佐，你不會讓大家一起等下去吧？」唐十一針鋒相對，「我還是那句話，查到了人，她說是周傳希護送她的，我馬上交人。但是在這之前，人也好，狗也好，我都要帶走。」

「唐老爺說得對，我怎麼能陪著你在這裡胡鬧下去呢！」田中隆夫狠狠地訓斥了中森彥一一句，然後才對唐十一說話：「唐老爺，你可以回去，周營長也可以回去。不過，周營長要跟我們走。如果找到了那個女孩，她又不認識周營長，到時候我自然會放周營長安全回去。」

田中隆夫這番說辭完全是把唐十一的話倒過來使，言外之意，不找到趙玉瑩，周傳希就一輩子不要想離開集中營了，「田中大佐……」

「好了，時間不早了，唐老爺回去休息吧，過幾天還要麻煩你把年末商會的數目給我理一理。」田中隆夫不再聽唐十一說話，轉身就走。

幾個士兵上前要押周傳希，唐十一卻猛地拉開一步，拔出了一把手槍指著了周傳希。

周傳希一愣，只是輕輕皺了下眉就放鬆了。如果唐十一要殺他，那也是他的命，他樂意認這命，如果他死了能讓唐十一全身而退，死何足懼！

「唐十一！放下槍！」中森彥一吃驚地叫道，田中隆夫聞言也回轉身來，「唐十一！你想幹什麼！」

「大佐，反正你就是不相信周傳希跟這事沒有關係，一定要辦了他，我其實無所謂的，但如果任由你帶走他我什麼都不做，廣州的父老會說我沒有道義，以後我就鎮不住他們了。」唐十一一邊說一邊就按下了保險，「不過，我也不想因為一條狗而傷了跟大佐的和氣，所以……」

尾音隱沒在一陣槍聲中，唐十一對著周傳希連發了十多槍，開頭幾發子彈打偏了，嚇得那些日本士兵趕忙躲得遠遠的，但實際打在周傳希身上的也有七八槍，周傳希頓成血人，往後退了幾步，一頭栽進了茫茫大海，海面上立時浮起一片血紅。

唐十一搶到海邊繼續開槍，但只開了一槍，子彈就全沒了，他用力地把手槍擲到了中森彥一面前，不帶任何表情地說：「這樣可以了嗎？」

剛才那鮮血噴濺的場面唬得中森彥一一時不知如何反應，田中隆夫便來打圓場了，「好吧，既然唐老爺都做到這份上了，中森中佐，你繼續去搜查那個女孩吧，沒唐老爺什麼事了。」

「是！大佐！」

中森彥一敬了個禮，就拉了手下一起往正規碼頭去攔截出海船隻了。田中隆夫拍拍唐十一的肩膀道：「唐老爺，不好意思，我不是故意的。只是軍令如山，你也帶過兵，你明白的。」

「大佐能繼續相信我跟皇軍合作的誠意就好了。」唐十一指指軍用車，「可以送我回招待所不？」

「當然可以，請上車。」田中隆夫一邊讓唐十一上車，一邊吩咐手下盯著唐十一帶來的手下讓他們離開，不給他們留下去救周傳希的機會。「唐老爺，就快過年了，你也該回廣州打點打點了吧，我還挺期待今年的除夕舞會呢。」

「我打點好這邊的事情就會回去了，大佐，我保證今年的除夕舞會也會跟過去幾年一樣精彩。」

「好，好！」

車子發動，唐十一看著那慢慢黑暗下去的天色，覺得自己的世界也像那天空一樣，充滿了墨色的密雲。

還要等多久，才能到天亮啊？

這一年的新年特別冷，唐十一直到十一月末才回到廣州來。商會的事務、萬匯的年終，還有跟各個政府機構的賬目都要好好算清楚，唐十一忙得連白文韜來請他吃飯都推託了幾次。好不容易坐下來吃飯，吃不了多久唐十一就說有事情要做要離開，白文韜是擔心他的，但他並不是擔心他忙壞了，而是為什麼周傳希不跟著他回來。

每次他問，唐十一都含糊其詞地說他有任務派他去做，讓他不要多問。但傳說周傳希是遊擊隊、被唐十一槍斃了的風言風語還是從番禺一路傳回了廣州，很多人好奇，但沒有人敢問，連白文韜也不敢貿然查探，生怕這又是唐十一的什麼計策，怕自己亂了他的打算。

除夕，百樂門裡依舊歌舞昇平，白文韜一邊跟政府官員、日本軍官交際應酬，一邊留意唐十一的舉止。他還是跟往年一樣周旋在各種勢力之間，笑容天真幼稚，好像真的公子哥兒一般談笑風生。偶爾有舞小姐拉他跳舞，他也挺高興地配合，末了往四周紳士禮儀地鞠躬，贏來不少看小丑表演似的喝彩跟掌聲。

白文韜走到他身邊，把他從一群談笑的商人中拉出來，拽著他到了露臺上，「十一，你告訴我實話吧，周營長到底去了哪裡？」

唐十一聳聳肩，把杯中的紅酒喝完，往廳裡招手叫了侍應生過來，拿空杯換了一個滿杯，「早就跟你說了，我派他去做一些事情，沒那麼快回來。」

「是什麼任務？」白文韜今天非問出結果不可，「所有的運輸線路在年尾都停止通行，大冬天的也收不了什麼菸土，運糧食也要等到明年開春，難民營的禦寒衣物也早就準備好了。你倒是告訴我，你還有什麼任務非要大過年地完成不可？」

唐十一慢慢喝了一口酒，「你一定要挑這種場合問我的話嗎？」

「這樣你才逃不了。」白文韜知道外間仍在把他跟唐十一當作是一起的，就不忌諱地捉住他肩膀問道：「你連我也要瞞？」

唐十一撥開他的手，突然提高音量大聲說：「白文韜！你當自己是什麼人啊？我唐十一高興就陪你玩玩，不高興你就識趣點自動滾開！非要倒貼過來，趕都趕不走，你求什麼啊！」

滿大廳的人都詫異地往露臺看了過來，白文韜一愣，不知道唐十一想幹什麼，只好順著他的話，裝出一副深怕丟臉的樣子拉著他低聲說話：「好好好，我不煩你、我不煩你，你不要生氣。今天這麼多人，你就別氣了，只是讓大家尷尬而已啊！」

眾人聞言都識趣地當做什麼也沒看見沒聽見，只當他們在耍花槍，繼續跳舞的跳舞、喝酒的喝酒，反而都遠遠地避開了露臺這個範圍。

唐十一這才笑了笑，轉過身去靠在露臺上，壓低聲音說道：「你來問我，其實你心裡早有答案了。」

「真的是你開槍殺了周傳希？」白文韜牙齒打顫，用力攥著拳頭。

「是，是我。」唐十一仰頭把酒喝光，咂了咂舌頭，「日本人懷疑他跟遊擊隊有關，我怎麼說都沒有用，只好親自動手殺了他，以免日本人連我都懷疑。」

「以免日本人連你也懷疑……」白文韜用力捉住唐十一的胳膊把他拉到身邊，「你就為了這個原因，殺了他？」

「是，我連開了十二槍，把子彈都打光了，最後他失足掉進海裡，屍體不知道漂到哪裡去了。我勸你不要為了義氣去替他收屍，免得惹禍上身……」

「唐十一！」白文韜在他耳邊大聲說道，「你說謊！」

「如果我說謊，我現在還能站在這裡嗎？」唐十一皺了皺眉頭，掙脫他的手，「你不信，就去問田中隆夫吧，他會形容得比我更生動。」

白文韜張了張嘴巴，他想說話，卻是哽咽了好一會才找到聲音，他指著唐十一的額頭說道：「你明明不是這麼冷血無情的，為什麼要做到這麼盡，為什麼要做到這麼絕！」

「白文韜，你知道你自己在說什麼嗎？」唐十一轉了一下眼珠，彎起嘴角，泛紅的眼角斜斜地勾起來瞄了他一眼，「我不是那麼冷血無情？當初我可以放棄小桃，可以放棄劉淑芬，甚至可以放棄唐家的名聲，今天我怎麼就不可以放棄周傳希了？」

白文韜頹然垂下了手，他往後退，一直退到了陽臺另一角裡。他看著唐十一，恨不得能看穿他的肌膚筋骨，看穿他的肝腸脾肺，好看到他心裡到底都在想什麼、盤算什麼，又都隱瞞著些什麼。可是他看不透，他看不穿，他只看到唐十一面目冷然地走進了大廳，一杯接一杯像喝水一樣地喝著紅酒。

白文韜低下頭，蹲在了地上，痛苦地揪著頭髮。他知道自己不能失態，他一定要像唐十一一樣若無其事談吐自然，不能讓人看出他為了一個抗日分子而傷心難過。如果田中隆夫真的說起這件事，他甚至要哂笑一句「不識時務，活該」，才符合他現在的身分，才能讓汪氏政府繼續相信他，才能繼續當這禁菸局局長，才能繼續盡可能多幫幾個人，多救幾條人命。

他知道，這些道理他都知道，他也以為自己能做到，可他發現原來做得到不代表不痛苦。他好想什麼都不管，拔槍殺光大廳裡所有的日本人，用他們的血祭奠周傳希，但他不能這麼做，他不能這麼做！

「沒事……沒事的……白文韜，你可以的，你可以的……」白文韜咬得嘴唇都出血了，「沒事的，唐十一能做到，我也能做到的……我可以的，我可以的……」

唐十一不知道自己到底喝了多少杯酒，直到他連扶著椅背的力氣都沒有了的時候，他才終於啞著聲音向侍應生要一杯冰水。但那整杯的冰水喝下去一點作用也沒有，他還是覺得喉如火燒，他抓了兩把脖子，掙扎起身，想到洗手間去。

迷離的燈光和著靡靡之音遠去，多好啊，多和諧啊。這裡歌舞昇平，好像外面那些飽受戰爭折磨的真相都不存在，好像這裡才是人間，這裡的人才配活著。

「十一爺?」有人喊他的名字，「你怎麼到服裝間……哎，你們快過來扶一下！」

「我沒事！我很好！我什麼事都沒有！」唐十一把不知道哪裡來的溫軟的手臂都打開了，「滾！」

「……那，那你歇一會，姐妹們，該上臺了！」

儘管唐十一在那裡發酒瘋，但也沒人敢得罪他。那些要表演的小姐們都離開了服裝間，唐十一拽住了一個衣帽架，死命拽著自己的領口，好像還是透不過氣。

可惡，這什麼裁縫？什麼剪裁？氣死我了……

前頭客人玩樂的大廳，溫度維持適宜，但到了這員工的地方，感覺便驟然下降了好幾度。唐十一只穿著一身普通禮服，連件外套都沒有，溫差讓他打了個寒戰，連解鈕子的手都開始發抖。明明就是個暗鈕而已，他扯了半天也沒弄下來，最後還是使了蠻力，崩斷了線口，才算把它弄下來了。

他蹲到地上去找那個崩掉了的黑色鈕子，燈光昏暗，他幾乎是趴在地上瞇著眼睛去找的，好不容易在一個掛滿了舞女們七彩斑爛的演出服的衣架腳邊找到了，他卻握著那鈕子，久久起不了身。

滴答，滴答。

暗粉色的地磚上落了幾點水滴，唐十一兩手蜷成了半拳抵在地上，恍惚間覺得一切的人聲與樂聲都飄遠去了，只剩下一句話響響亮亮地在他耳邊轉。

「你明明不是這麼冷血無情，為什麼要做到這麼盡，為什麼要做到這麼絕？」

對呀，為什麼呀，我圖什麼啊？

他蹲在地上，泣不成聲。

「是你自己口是心非的，現在你又哭什麼？」

白文韜的聲音從頭頂上傳來，嚇得他咬著手背止住了哭。他看見一雙油光錚亮的皮鞋在他眼前，但它們沒有一分一毫要靠近的意思。像它們的主人，是美好的，誘人的，卻已經不屬於他的世界了。

但他記得他的懷抱，記得他的體溫，記得他握著他的手一起把鴉片燒掉，記得他和他在戲臺下，看別人演他們的情潮湧動。

他都記得。

其實白文韜也不是故意要逼迫唐十一承認些什麼，但他到底惱怒他不肯和他說實話，連牽扯到周傳希的事情，他都把他當外人，要鼓著那倔勁裝冷酷。他甚至還恨得咬牙，心想熬到那戰亂過去，他就要把他那些口是心非的記錄都寫下來，寫滿個三頁草稿一句一句複述給他聽。他不僅要說，還要說一句就問他一句「十一爺你看這句話複述的語氣夠不夠貼切」，才好消了此時無處發作的怨憤。

可是他真的倔得太讓他手足無措了，當他看見他孤零零地站在那裡喝酒時，他已經忘了所有的計畫，所有的悲苦和痛楚都只化作了一個念頭：他想把他捉住，在他耳邊說不是的，你不是。

然而，不是什麼呢？不是壞人，不是惡人，抑或，不是漢奸？

他知道他不在乎，但他在乎。

唐十一像入定了一般蹲著，一動也不動。他聽得到他竭力咬著手背阻止哭聲，無奈地搖了搖頭，也隨他一道蹲下了，他把手擠過去，拉著他的手腕，把他的手扯了過來，「別親你自己的手了，親親我好不好？」

唐十一猛地抬起了頭，他雙眼通紅，滿臉溼漉，連劉海都亂七八糟地黏成了一綹一綹，狼狽得跟從水裡撈上來似的。白文韜看他這般傷心，還有些心疼來著，卻不想握在掌心裡的那隻手忽然發力，「啪」地一下甩了他一個耳光。

「滾！」他啞著嗓子大喊，「我不想再見到你！」

「……唐十一，是你自己招惹我的！」

白文韜已經算是個寬容溫順的人了，但這段日子以來他的耐心也耗得差不多了，便懶得再跟他廢話，他卡著他的下巴，不容他再躲閃，「你現在又發什麼瘋！」

「對，我是發瘋！我是瘋了才會、才會……」「喜歡你」三個字跟生根了一般扎在唐十一的舌根處，即便再怎麼情急也決計不會脫離他的嘴。他喘著氣掙扎，蹲著的姿勢很不好發力，沒幾下就被白文韜卡著脖子壓倒在地上，「放開我！」

唐十一使了死力氣跟他較勁，他越掙扎，白文韜便越著力反制，沒一會兩人便成了肢體交纏的姿勢。他們都是從暖氣房裡出來的，此刻身上衣衫單薄，摩擦之間已然上火。燈光搖曳，歌舞遙送，白文韜騎在唐十一身上，扼著他的手腕，咬著他脖子上的肉，聲音裡都帶了怒意。

「唐十一，你到底想我怎麼樣？」白文韜一口一口地咬他，一字一句地吞噬他，

「你說，我都給。」

……你都給？

然而我就是不敢要啊，你的一切，我都沒有資格要。是我剝奪了你平凡的幸福，害了小桃，把你拉扯進這晦暗的時局，做著一切自以為是善舉的惡行。我還有什麼資格跟你要些什麼呢？

於是唐十一又一次陷入了無止境的沉默，白文韜是徹底惱了，他沒受過什麼沉默是金的西方教育，「不說話」這個行當在他看來就是最無情的拒絕，連一個理由都吝嗇得不屑給。他看他一臉死豬不怕開水燙的漠然，自己那團邪火也還沒消，就不打算忍了。他乾脆俐落地扯下他的褲子，潦草擴張一下便捅了進去。

先前白文韜還疼著他，不敢怎麼情動也做了完整的準備，但現在他提槍就上，要不是還吊著兩分清明，唐十一便要尖叫出聲了。他死死地抓著他的肩，推也推不動，打也打不痛，最後還是只能扒著那兩道蝴蝶骨，隨著他抽插的節奏起伏。

最開始的鈍痛過後，回憶裡的情事的滋味便被勾了起來，而且完全進去以後，白文韜的動作也沒有他看起來那麼凶暴。他拉開他的腿，也把著他的前端套了幾下，感覺唐十一也不是完全不樂意，便更加沒了顧忌，擁著他放開來做了。

昏暗又涼薄的夜晚，他們在一個齷齪低賤的房間地板上交合，肉體拍打的聲響隱沒在歌舞昇平的靡靡之音中。唐十一不知道做了多久，他又被翻了過去跪著，他兩手依舊蜷縮成半拳抵在地上，只是現在滴落在地上的液體不再是眼淚，而是淫靡的精水。他垂下頭嗚咽，那枚領帶暗釦就在他跟前，好像冷眼旁觀的路人，嘲笑他反覆無常，嘲笑他屈從欲望。

唐十一覺得那顆鈕釦好像成了一隻眼睛，隔著一股鮮紅色的水汽木然地看著他。

那是擊中周傳希胸口的子彈帶起的血霧。

不要，不要看，不要看著我，不要看著我啊！

唐十一發出一聲痛哭般的哽咽，無意識地往前一抓，掛著厚重演出服的衣架「嘩啦」地倒下了，一層層一重重的衣服把他們掩埋了。

他忽然覺得安心了。

就這樣吧，他想，就這樣把他們兩個埋葬，不見天日，永墜黑暗。

他抓過一件豔紅的西班牙長裙把他們的頭臉蓋住，然後他轉過身，捧著白文韜的臉，熱烈地親吻。

血腥味湧進嘴裡時，白文韜還有些怔愣，他以為是唐十一咬破了他的舌尖，但他剛剛想要撫摸他，便感覺更多的液體從唇舌間滑了下來。

「……十一?!」

第十四章

「十一爺！你怎麼了十一爺！」

大廳裡突然一陣騷動，卻見白文韜擁著唐十一飛快地往外走，關心的人圍了一堆，他推開他們，徑直往門外的車子走去。

「十一！」白文韜脫下西裝外套披到他身上，「你堅持住！」

唐十一嘴唇發顫，他抬眼看了看白文韜，「唔噗」一下又嘔出了一口褐色的血。

「十一！讓開！叫司機！叫司機！」白文韜顧不得他人目光，把唐十一橫抱起來就往門外跑。唐十一一手捂著胃，一手捂著口鼻，又是一口濃烈的黑血冒了出來。

「沒事的，十一，沒事的，你一定不會有事的！」白文韜把唐十一抱上車，司機馬上飛快地開往醫院去，「醫院很快就到，很快就到了。」

唐十一抬起那隻血淋淋的手，這次，他沒有拽著他的衣領叫他看著廣州了，他只是把手放到白文韜臉上，咧開滿是血跡的嘴，笑了。

「你又抱著我了，真好……」

白文韜在醫院的走廊上坐著，救急室的門已經關上兩個鐘頭了。他身上臉上都帶著唐十一的血跡，也沒想到去擦洗。他從口袋裡摸出一根菸，叼在嘴上想點上，忽然想起上一次唐十一被人趁亂暴打入院的時候，周傳希跟他也是這樣在醫院走廊上無奈地等著，想要抽菸解悶。

想到周傳希，白文韜又忍不住難過了。他責怪唐十一，他真的很想責怪唐十一放棄周傳希，但看見唐十一那副樣子，他怎麼責怪得了？

他究竟是有多強大的意志，才能親手殺了周傳希，才能掩飾掉那沉重得讓人站不直身子的疼痛，繼續當他的唐家十一爺。繼續背著大漢奸的名頭，去做著那些根本沒人知道的好事？

白文韜把菸拿下來。他不需要尼古丁的麻醉了。

從前，他覺得自己應該在唐十一背後默默支持他，但現在開始，他要用同樣強大的姿勢去站在唐十一身邊，跟他一起承受刺骨如心的痛和不能言說的苦。

又過了十多分鐘，醫生終於出來了，躺在病床上臉色蒼白的唐十一依舊昏睡不醒，護士們小心翼翼地把他推到病房去。

「白先生，」主診的何醫生是唐十一的家庭醫生，也對白文韜的身分十分熟悉，於是直接跟他交代起來，「十一爺嘔血是因為胃部毛細血管破裂引起的急性胃出血。最近他是不是生活作息紊亂，食無定時，又大量喝酒抽菸了？」

白文韜想了想，八九不離十了，便點頭道：「年近歲晚，就忙了一些，應酬多一些。」

「十一爺一直有胃病史，還這麼不注意保養，嚴重的話甚至會引發胃癌。」何醫生皺著眉頭教訓道，「你要好好叮囑他定時飲食，最好能戒菸戒酒。如果下次再有胃出血，後果就嚴重了。」

「嗯，我會好好看著他的。」白文韜連連點頭，「那，我能去看看他嗎？」

「他麻醉還沒有過去，大概要到半夜才醒。」何醫生拍拍他的肩膀，「與其在這裡乾等，我建議你去幫他收拾日常用品過來更好。」

「謝謝你，何醫生。」白文韜道了謝，但還是選擇在病房等唐十一醒。他不希望唐十一醒來的時候，身邊一個人都沒有。

唐十一醒來的時候果然已經半夜兩點了，他剛張開眼睛，白文韜就挪到他床邊捉住他的手說道：「十一、十一！你醒了？沒事了，你只是急性胃出血，做過手術以後就好了。你現在感覺怎樣，要不要叫醫生？」

唐十一轉了轉眼睛，麻醉藥效過去，刀口一陣陣的刺痛讓他說話都有氣無力，「我口渴……」

「你暫時不能喝水，我給你抹一點到嘴上，你溼一下嘴巴，好不好？」

「嗯。」唐十一闔了闔眼睛，白文韜倒了暖水，拿調羹一點一點地抹到他的唇上。唐十一舔了幾下，覺得嘴巴好受了些，「謝謝你。」

「你跟我這麼客氣，我真不習慣。」白文韜放好水杯，在他床邊坐著。

「你知道，我剛才在手術室裡，想的是什麼嗎？」唐十一吃力地抬起手來，白文韜一把捉住他的手，「我在想，我醒來的時候，你會不會在我身邊。」

白文韜心裡一跳，「我一定會陪著你的，你知道的。」

「我從前知道的，現在不知道了。」唐十一屈曲手指，把白文韜的手扣住了，「文韜，我真的好討厭醫院。」

「沒有人會喜歡醫院的。」白文韜輕輕摩挲著他的手背，「你別說那麼多話，先休息一下吧。」

「表哥進醫院的時候，我身邊有表嫂、蔣大奶奶、羅家鄭家程家的叔伯親友；後來表嫂死了，我身邊有你，有譚副官、有周傳希、有梁武、有五千士兵；然後我被人打了，就只剩下周傳希跟你了。現在，我只剩下你了。」唐十一用力扣著白文韜的手，儘管疲倦，也用力睜著眼睛盯著白文韜說道：「下一次，會不會連你也不在了？」

「那你就記得，千萬不能再進醫院了。」白文韜嘆口氣，「對不起，我剛才說話衝動了。」

「你是說話衝動了，又不是說話說錯了，不需要跟我道歉。」唐十一的臉色又白了一些。

「你故意讓他掉進海裡，是在求那千分之一的奇跡，」白文韜半側著身子去夠床頭櫃上的杯子，拿起調羹來給他溼潤嘴巴，「我也希望這個奇跡會發生。」

「……文韜，你還願意陪著我嗎？」

唐十一突然把掩藏兩年的心意掀了出來，白文韜愣了一下。他明知道這個時候跟自己說這種話，很容易被誤解為只是沒有了周傳希這個幫手，而藉口還愛他把他拉攏到身邊來。他明知道會這樣，為什麼還要說出來？

絕對不是他忍不了了，唐十一這個人最擅長的就是忍了。

「十一，如果你覺得，與其等我終於有一天厭惡你了離開你，倒不如由你自己做壞人把我噁心得跑掉，這種做法會讓你比較安心的話，你可以繼續這麼試探下去。」白文韜放下調羹，把他的手裹進自己掌心裡，「你試探多少次都好，我一定不會讓你失望的。」

唐十一閉上了眼睛，用力地呼吸著，想要平復激動的心緒。但他呼吸得越用力，傷口就越痛，越痛，他就越無法冷靜，最後，他猛地張開眼睛道：「那就是你還會陪著我？」

「我會陪著你，」白文韜頓了頓，「如果你願意。」

「我願意！」唐十一衝口而出。

白文韜深吸一口氣，「那，小桃呢？」

「小桃？」唐十一怔，好像才反應過來一般，「小桃……我知道是我對不起她……我不會把你從她身邊搶走的……」

「可你不是想要我陪著你嗎？」唐十一，你自私一點啊，你再自私一點啊！

「我、我可以，只當你的情人……」唐十一垂下眼簾來，「小桃還是你名正言順的夫人，她要你陪的時候，我絕對不會出現……過年過節也是，我不會跟她搶……」

「十一你累了，休息吧。」這個時候逼他不適合。

「我是說真的！」唐十一一急就想坐起來，動作牽動傷口，痛得他眼淚都快冒出來了。白文韜連忙把他按回去，唐十一趁機捉住他襟前的衣服說道：「我又不是女人，我又不要名分，我只想你陪著我，我只想你陪著我！」

「唐十一！你給我好好睡一覺再說話！」白文韜用力扯開他，壓著他的肩把他按在床上，「你睡好了再想想你現在說的話！你是唐十一，十一爺！如果你沒有愛我愛到想把我據為己有，如果你沒有愛我愛到不再委屈自己，你就別說，你就什麼都別說！」

白文韜說完，只覺得自己也脫了力，他放開他，往後一退，坐回了床邊的椅子上。唐十一好一會才眨了眨眼睛，然後他用力地深呼吸幾下，轉過頭去對白文韜說：「我想睡覺了，麻煩你關燈，還有讓權叔過來照顧我吧。」

白文韜點點頭，關了病房的燈，關門離開。

門外，白文韜垂著頭面對著牆站了好一會，突然，他用力地往牆壁上捶了一拳。

唐十一都勞累得吐血了，田中隆夫自然不好再逼著他交錢交貨。而事實上，自從周傳希的事情以後，田中隆夫就對唐十一多多少少地懷疑了起來，如今正好有藉口讓他交權，他可要好好把握。

不過，就算唐十一肯交權，他也得另尋一個有本事能代替唐十一、又願意為日本皇軍效命的人。

還好田中隆夫心中早有人選。

「白局長，我以為你當了局長沒時間練槍，槍法應該會退步，沒想到還是那麼神準啊。」

初三赤口[5]，田中隆夫似乎不知道這個忌諱，還邀白文韜到憲兵部比試槍法。

「就是因為當局長了才更應該多練習槍法。」白文韜放下槍，那槍口還在冒煙，「滿街都是想殺了我的中國人，不好好練槍，丟了小命可不好。」

田中隆夫知道他在暗諷些什麼，也不在乎，反而順著他的話說了開去，「是啊，男人做大事，就該跟我、跟白局長一樣，要有才華，也要有身手。說實話，唐老爺還是太勉強自己了，上次被暴民圍毆就算了，這次沒人逼迫也把自己累得嘔血。唉，

5 亦稱「赤狗日」，據傳統習俗，農曆正月初三容易與人發生口角爭執，故不外出拜年，只留在家中祭拜神明。

連我也不太忍心看他這麼操勞了。」

白文韜挑了下眼眉，心想日本人果真要對唐十一兔死狐烹了，「如果田中大佐覺得唐十一應該退下來好好休養的話，大可以向他提議提議。」

「我只是順口一提，白局長你呢，你的看法又是如何？」

說話間，有士兵把填裝好彈藥的槍支送了上來，白文韜掂起其中一把，猛然舉槍朝最遠的槍靶連開三槍，依舊是三槍紅心。田中隆夫皺起眉頭，不知道白文韜是何意思。

「田中大佐，我記得大概在一年前，同樣是在這裡，我跟你也是這麼比試槍法。」白文韜轉過頭來盯著田中隆夫的眼睛說，「那時候我說的話，現在也一樣。」

「……那你是願意攬掉唐十一所有的生意了？」田中隆夫竊喜，面目上還是一副等待對方毛遂自薦的審慎態度，「唐十一的生意現在可不只是鴉片了，還有商會裡頭各行各業的生意，還有城外那些米糧生意。白局長，你覺得你真能攬得了他嗎？」

「我攬他多久了整個廣州都知道的。」白文韜笑笑，伸出手去，「唐十一的人我要，他的錢財勢力，我同樣要。只是不知道我想要，大佐給不給？」

田中隆夫很滿意他這番競選誓詞，他用力握了握白文韜的手，「就如你所願。」

比起隱忍慎重的唐十一，白文韜算是個雷厲風行的人，當即就集合了商會的各個老闆開了個簡單的短會，交代了日本人的授意，讓他們重新「選舉」商會主席——結果當然是白文韜全票當選，踢走了唐十一，成為新任的商會主席。

這商會主席當是當上了，但廣州最大的商家還是萬滙，白文韜對於唐十一願不願意交權其實也說不準。雖然按照兩人的交情，唐十一不會懷疑他攬權是為了私利，但這份權力可是他耗上了幾乎所有的親人朋友、敗壞了他老爸唐鐵一世的名聲才換來的，他能捨得嗎？

反正還在過年，就待到初八啟市的時候再跟他說吧。白文韜想，至少在他養病的時候不要去打擾他。

唐十一在手術後一個星期就能下床走路了，按他性格也不可能全然對外頭發生什麼事不聞不問。但一直到過了正月，唐十一都沒有問白文韜一句外頭形勢如何的話，白文韜知道他在等自己坦白。

這天，白文韜到醫院來看他，一開口就說我們到外面走走。唐十一點頭，坐到輪椅上讓他推著出去了。

兩人來到了醫院的中庭草地上，唐十一裹緊了身上的厚大衣，閉起眼睛來深呼吸一口氣，「今年冬天好像特別長，不知道花什麼時候才開呢？」

「等你出院了大概就可以去春遊了。」白文韜在石椅上坐了，「去越秀公園吧，你挺喜歡那裡的。」

「我什麼時候去都可以，只是沒人陪，去也怪無聊的。」

「我陪你吧，再寫一幅字給你？」白文韜想起他們初遇的情境，不由得笑了起來。

「你到時候應該就忙翻天了，哪有時間陪我看花看風景呢，白局長、白會長。」

「你果然是知道的。」白文韜稍稍鬆了口氣，「幹嘛不問我？」

「問你有用嗎?你又不是做主的那個。」唐十一頓了頓，又補充道：「我沒有說你是傀儡的意思。」

白文韜笑著搖搖頭，唐十一現在是被他吼怕了，對待他的態度總有點一驚一乍誠惶誠恐的，「日本人利用完你，又踢你出局，你捨得嗎?」

「不捨得也得捨，要不我就活不下去了。」唐十一咳了兩聲，白文韜順了順他的背，他才接著說道：「他第一次把我捉去監獄就已經不相信我了，他只是捨不得錢。要是上次周傳希那事不是我親自開槍的話，他大概會把我也捉回去審問的。現在我還不放權，他不把我拉到集中營，也會要脅醫生給我來個醫療意外的。」唐十一說到這，轉過頭去看著白文韜笑了笑，「而且交權給你，我放心。」

白文韜迎著唐十一的視線看回去，沒有思量沒有權衡，唐十一對他的信任是完全不用經過考慮的，那眼神還是清澈得毫無心機——可是白文韜還是覺得心裡好痛，一口氣把他隱忍籌謀二十多年才得到的權勢全數剝奪，唐十一不可能不難過、不可能不心疼，可是現在，他不願意讓他看到他的難過心疼了。

「怎麼，我臉上有東西？」唐十一看白文韜一動也不動地看著自己發呆，便低了低頭抹臉。

「沒有，只是我覺得自己想太多了。」白文韜搖頭，「早知道你這麼看得開，我就不用瞞著你這麼久了。」

「我這小半輩子已經爭了大部分人一輩子都沒爭到過的東西了，還有什麼看不開的。」唐十一覺得手有點發冷了，便縮回外套口袋裡揣著，「倒是你，現在日本人不像從前那麼囂張了，我收到消息，他們惹火了美國，又在緬甸鬧，已經有點垂死掙扎的跡象了。你可當心，說不定哪天日本突然就敗了，你這又是商會主席又是政府官員的，肯定不會好過。」

「正好啊，這才夠格跟你一起跪烈士陵園嘛。」白文韜倒是笑得很高興，「你不是誇口吐你口水的會比吐我的多嗎，這回可不一定了呢。」

唐十一也跟著笑了起來，但那笑容慢慢沉成了嘴角一彎情意深重的感激，「文韜，謝謝你。」

「……」白文韜垂下眼簾，「坐久了還真的有點冷，我推你回去吧。」

「嗯，好。」唐十一點點頭，白文韜就推著他回病房了。

唐十一稍稍回過頭去，看見白文韜握著輪椅把手的雙手凍得發白，他揣在口袋裡的手蠕動了一下，終於還是握緊拳頭，繼續窩在口袋裡。

廣州的事務都交給了白文韜處理，唐十一現在倒真的是清閒得有點無聊了。出院以後不是聽戲看電影就是逛街打麻將。他權是沒了，但錢還是握著的，也沒有人敢怠慢十一爺。

但有好事之徒調侃他現在失勢，已經淪為白文韜的玩偶。而白文韜也忙，沒什麼時間到他家走動，那街頭巷尾的傳聞就更離譜了些，說他被嫌棄了拋棄了，誰有財有勢的都可以去跟他玩玩。

唐十一對這種傳聞聽在耳裡記在心頭，但他記著不是為了尋那些人晦氣，而是找了廣州所有的報社媒體，告訴他們哪些話該講哪些話不該講，於是那些奇情獵豔的傳奇報導就少了白文韜的名字。

是的，他只是告訴他們不能寫白文韜，而不是不能寫自己。唐十一早已經習慣了被人當作茶餘飯後的談資，但白文韜不是，如果他再繼續被人八卦下去，總會有一天扯出他的夫人小桃。

小桃受到這麼大的打擊後精神狀態如何先撇開不談，光是她被自己毀了的面容就夠那些無聊人閑磕出大篇大篇荒誕的故事。要是再有人跑到白家去堵她，要「採訪一下局長夫人」，那對於小桃來說實在是非常大的困擾。

唐十一端起暖水把藥片灌了下去，權叔給他送來了爽口的話梅糖，又拿出一張紙條來，「少爺，你要的地址找到了。」

「嗯。」唐十一打開那紙條看了看，皺了皺眉頭。不過是間小公寓，白文韜怎麼會挑這麼個跟他身分不符合的地方住呢？「我要你準備的東西呢？」

「愛群酒店的水晶餃子嘛，準備好了，現在還熱乎著呢！」權叔問，「少爺你這是要去拜小桃？」

「哈！」唐十一失笑，「某種程度上是的。讓劉忠開車過來，我換套衣服就下來。」

「是，少爺。」

唐十一從來沒想過自己會主動去找小桃，一是因為內疚，二是因為嫉妒。但如今白文韜既已成為了大家矚目的人物，他就不能不去找她，清楚地告訴她現在的情勢。即使小桃不會幫到白文韜什麼，但起碼不會因此而產生更壞的結果。

白文韜那性格，對付日本人、對付汪精衛那班走狗不會手軟，但對付那些只是說說閒話的人，未必能狠心去堵他們嘴。到時候他就只會一個勁地怪責自己沒照顧好小桃，說不定還會對自己接手廣州事務這件事產生動搖。

唐十一跟自己說，我只是不想自己的心血被毀了才來做這個醜人，白文韜要怪就都怪到他頭上吧，反正他都心狠手辣無情自私慣了，不差這一次。

車子停了，唐十一慢慢走到那所小公寓跟前，敲了敲門。

財政廳廳長今天小登科，排場自然是不小的，包下了整間愛群酒店來與眾人同樂。白文韜最近風頭大盛，自然也是大家交際聊天時必不可少拉上的人。他又長得俊朗，不少官太太都拉著他介紹自己的大女兒小姨子表妹侄女等等，全然不介意他跟唐十一那風流傳聞，很是熱心。

白文韜應接不暇，就苦著一張臉求饒說各位太太妳們的好意我心領了一切隨緣，想要敷衍過去。後來還是副市長汪社明幫他解了圍，把他帶到男人們的桌子上，才把他從這場相親大會上拯救了出來。

「文韜啊，你也別怪太太們多事，她們也是好心。」抽了兩口雪茄，大家又開始往酒色財氣上談論了，「今天唐十一也沒來，咱們就放開來聊聊嘛。」

「他來沒來，我都一樣放得開。」白文韜笑著喝酒。

「那就最好了，咱們不像女人們那麼長氣[6]，一句話，你現在想不想娶老婆？想的話，我家小姨子就是你白文韜的了。」汪社明雖然滿臉通紅，可白文韜知道他

6 廣東話，意指「囉嗦」。

絕對沒醉，這話不是試探他，是實在的拉攏。

「一個人自由自在不好嗎，怎麼非得娶個人來管自己呢？」白文韜堆起滿不在乎的調笑，「難道你們幾位都很滿意自己家裡那位？」

「哎，文韜，你現在是還年輕，貪玩。等你娶妻了，心就定了，做事的方法也會穩重很多。」汪社明看來是早有打算，「難道你還真的想跟唐十一糾纏下去嗎？」

「糾纏著也沒什麼不好啊。」白文韜知道汪社明的算盤，「他是沒什麼權了，但萬匯還是有不少老底的，我怎麼捨得他嘛。」

「我看白兄不捨得的不只這個底吧，」有三四十歲的中年同事調笑起來，「唐十一平日端的是老爺樣子，在床上還老爺不？該不會，白兄真的讓他做老爺吧？」

話音未落，曖昧的淫笑就爆發出來，大家都笑得前俯後仰。白文韜也笑，但那笑容帶著陰森的戾氣，慢慢讓眾人都笑不出來了。

「老李，說話沒分沒寸的！還不給文韜道歉！」汪社明責怪道，那老李馬上朝白文韜道歉了。

「沒關係，李廳長沒說錯，我是很捨不得唐十一，無論哪方面。」白文韜轉了轉腕上的手錶，看似漫不經心卻又字字清晰，「咱中國人不是有句話叫狗急跳牆嗎？其實我說啊，如果我是那條狗，被逼到牆角又一定跳不過的時候，我寧願回轉身子把那個逼我的人咬死，給我陪葬，才對得起他那麼看得起我非要追著我，各位說對不對？」

眾人彷彿都吸了一口涼氣，剛才白文韜說話那神情，可是把唐十一笑裡藏刀的氣勢做了個十足。是不是真的那麼心狠手辣不說，也足夠讓他們這群看了唐十一面色那麼久的人產生習慣性的恐懼了。

幸而白文韜沒有繼續往下說，他笑了笑，拿了一杯酒站起來，就走到舞池邊上請小姐們跳舞了。

「哼！不過是當了幾天官，那樣子囂張的！」

「田中隆夫看得起他，咱們有什麼辦法？」

「不識抬舉，連汪市長的招攬都不屑呢！」

「我倒是佩服他呢，那麼大方地承認自己跟唐十一搞在一起，換你你能光明磊落地說你包了水雲社的小倌嗎？」

「哎哎哎，我可沒做這種事啊！交際應酬，逢場作戲而已！」

這場喜宴算是白文韜自己把自己隔離了，不到一點就藉口不舒服回家。他一個人開車回去，心裡鬱悶得緊。

全世界都覺得他跟唐十一之間不堪入目，但他們清清白白；而唐十一以為他跟小桃恩恩愛愛鶼鰈情深，可他早已經在第一次握住他的手時，就把那塊地方裝了他了。

唐十一再辛苦，有他明白他。那他呢？他也很辛苦，誰來明白他？

到家了，白文韜停好車子，拖著腳步走進門去。

白文韜插上鑰匙開門，一按亮電燈就嚇了一跳，客廳裡竟然不聲不響地坐著一個人，臉色鐵青，神情凝重。

「十一?!」白文韜幾乎就拔槍了，看清來人後定了定神，吐了一口氣才關門走到他跟前，「你怎麼在這裡？」

「我為什麼在這裡不重要，重要的是，為什麼小桃不在這裡？」唐十一抬頭，猛地甩了一份文件到白文韜身上，「我去查過戶籍處，你根本沒有娶小桃！她人呢？你說你安置好她了，你是怎麼安置的？白文韜，你今天不說明白，別想還坐穩現在的位子！」

白文韜握了握拳頭，「你今天來找小桃是想幹什麼？」

「與你無關，回答我的問題！」

「你就不怕她看到你會受刺激嗎？」白文韜上前一步捉住他的肩膀，「你當日害得她那麼慘，你還來找她幹什麼？你還來找她幹什麼！」

「你以為我是故意來刺激她的嗎?!」唐十一掙開他的手，倏地一下站了起來，「我是來找她道歉的！」

「我回來一年了！一年了！你現在才來找她道歉是為什麼？為什麼！」白文韜也跟著站了起來，他喝了酒又憋著一肚子氣，自是失了平時的溫和跟耐性，「你根本就沒覺得自己做錯了！那又何必來假惺惺地道歉！」

「我跟小桃道歉跟你有什麼關係！」唐十一大聲反駁回去，「別岔開話題！小桃到哪裡去了？把她交出來！」

「難道我會害她嗎！」白文韜也提高了音量，「你才是不應該見她的人！你說你見了她能說什麼？你無論做什麼，小桃都不會原諒你的！」

「……我知道，我沒要求她原諒我。說完我要說的我自然會走。」唐十一咬了咬牙，「她是不是不在廣州？你把她安置在別的地方，遠離這個是非之地？」

「不用你操心！」白文韜負氣地別過臉去。

「……那就好，我不用擔心了。打擾了，告辭。」唐十一說著就要往門口走，卻是被白文韜一把捉住手腕拉了回來，「幹嘛！」

「如果你今天見到了小桃，你會跟她說什麼？」白文韜這句話問得很輕柔。

「道歉，我當初為了奪權犧牲了她，毀了她的容貌，還害她幾乎錯失了跟你的姻緣，就這樣。」唐十一當然不會把真正的想法告訴他了——

如果見到了小桃，他會這麼誠懇地道歉，任由她打罵，絕不還手：

「我今天來道歉，不奢望妳能原諒我，但我講的話妳一定要聽，妳一定要按照我的話去做，這樣妳才能不拖白文韜的後腿。」

他甚至都想到了小桃會冷笑著問「我為什麼要相信你」了。

為什麼要相信我？

因為我也愛他……

唐十一垂下頭，用力拽回自己的手，「我要回去了。」

「如果你今天見到了她，你是會告訴她以後怎麼做才能成為我的賢內助，還是告訴她她會拖累我讓她離開？」白文韜還是用力捉住他不放。

唐十一被他最後的那句話徹底激怒了，他舉起另一隻手重重地甩了他一個耳光，厲聲質問道：「我怎麼會那樣做！我怎麼可能那樣做！」

「為什麼不會！」白文韜順勢把他另一隻手也擒住了，把他拉到身邊咬牙切齒地反問，「唐十一就該那樣做，唐十一就該為了得到想要的東西不擇手段！」

「白文韜！你夠了沒！」唐十一氣得胃都痛了起來，「別以為我不會動你！」

「為什麼你偏偏就不能對我這麼做！」白文韜腦子裡最後一根弦都要蹦斷了，他用力把唐十一抱住了，死死地箍住他的肩膀不讓他動彈分毫，「為什麼你不可以為了得到我不擇手段？為什麼你要告訴我當初是你害了小桃，為什麼你要把我還給她？為什麼你從來都不會為了我不擇手段？唐十一，是不是我不夠好，不值得你費盡心機去得到？」

「你、你在說什麼！」唐十一臉色都白了，一半是胃痛鬧的，一半是白文韜突然爆發的告白激的。

「我問你為什麼不要我！」白文韜把臉埋在他頸側深深吸了口氣，是了，是他最喜歡的那種古龍水味道了，「你擔著那虛名，卻又不要我，你知不知道我好難過？我好難過！」

「我要不起你！」

唐十一忽然猛力掙扎起來，想掙脫白文韜的懷抱，更是惹得白文韜火冒三丈，他用力捧著唐十一的頭吼了一句「那我要你！」就按著他吻了下去。

唐十一本來就有私心，全靠僅餘的一點「不能再對不起小桃」的薄弱內疚在掙扎，胃也還痛著，力不從心得像半推半就。他徒勞地扯著白文韜的衣服，被他逼著連連後退，「砰」地一下撞到了桌子以後，白文韜就索性把他壓在桌子上了。

白文韜這把火早就燒得旺盛，唐十一更是把他氣得失了分寸，咬也似地噙住對方的唇，扯掉領帶，隨手扔到地上。

「別、別……」唐十一穿的是立領長衫，白文韜一時解不開那些傳統鈕釦，乾脆便從長衫的側面開叉伸手進去，唐十一一驚，下意識推他，「別這樣……」

「你不是要不起我嗎？」白文韜按住唐十一下身，隔著褲子輕輕重重地揉弄，「那我要你你又有意見了？」

「不，不是……」唐十一此時已經沒有心思辯駁了，對方已經扯下他半條褲子了，「不要這樣……」

「那你想我怎麼樣？」白文韜右手繼續揉弄著他的下身，左手在他頸脖間摸索，領口的釦子全解開了，露出了一片不見日光的白皙肌膚。他直接往他的鎖骨上吮吻，故意弄出響亮的聲音，落下一個個紅色的印子，「為什麼，唐十一？為什麼你就是不能從我身上索取？」

唐十一啞口無言，從喉結到鎖骨，白文韜以口舌逡巡，炙熱的呼吸和喘息都那麼清晰，彷佛隨時要咬斷他的喉嚨。他一個音節也發不出來，只覺無盡的酥麻從四面八方湧來，下身更是快意洶湧，直直地硬挺了起來，雙腿卻是發軟，溼漉漉地撐得外頭的長衫下擺都鼓起了一片。

「現在倒是老實了。」白文韜伏在他耳邊竊笑，他心裡有氣，著意羞辱他似地，說著要他難堪的調情。他把他抱到了桌子上，把長褲脫到腿彎處，直白地握著他套弄，指掌間輾轉挑揉，纏綿撚撥，直到他為自己情欲難禁溼漉淋漓，顫顫滴落一股股情液，特別可愛。

饒是花叢裡養大的唐十一也受不了這般細緻的撩弄，刺激又陌生的快感已經在他腦子裡炸開了煙花，只覺眼前全是光怪陸離的閃光，混沌凌亂中只能緊緊地捉住他的肩膀，咬著嘴唇，生怕自己發出什麼奇怪的聲音。

「舒服嗎？」白文韜兩片唇夾著他的耳垂碾壓，手也沒有停下，徹底把他的長褲脫掉了。長衫掩映，露出細藕似的腿腳，比日曆封面女郎的還更修長筆直，「說你要我，說啊。」

唐十一的腦子已經成了一團漿糊，模糊間感覺到衣衫拉扯，胸口一涼，裂帛聲直落肋下——白文韜徑直撕開了他的衣襟，低頭含住他一邊乳頭吮舔濡溼，又連著乳暈輕咬，另一隻手捏著他另一邊的乳尖，或揉或撚，搔刮扣弄，直到兩處都充血挺立，輕輕觸碰便一陣酥疼。及到此時，唐十一已經被他勾引出了徹頭徹尾的畸形快感了，再也顧不上什麼孟浪的挑逗，他主動分開腿，環上了對方的腰，讓兩具身體夾纏得更緊，緊繃的下體在對方腿間用力磨蹭，再沒有一分矜持與考量，只餘下肉欲的渴求。白文韜拉著他的腿彎把自己貼上去，控著他的後腦勺，狠狠地親吻，唇舌柔膩糾纏，追逐著彼此輾轉吸啜，分享著絮亂潮溼的吐息，吞嚥著溼澤的津液，終於真正地接了一次吻。

「轉過去。」

白文韜驟然結束了這個吻，他勾著他的腿彎，把他的腰抬起，讓他整個人翻了過去——他到底還記掛著他傷患初愈，還是想用他好受一些的姿勢。而唐十一聽見了窸窸窣窣解開皮帶褲鍊的聲音，背後貼上了熾熱的體溫——他連著襯衫也脫了，光裸的胸膛貼在他的脊背上，似乎還能感受到「撲通撲通」的心跳。

兩具肉體緊緊地貼在一起，唐十一兩股間抵著了一根硬直的物事，以為他就要這麼硬闖進去，趕緊掙扎了起來，「你別……」

「別動，我不想弄疼你。」白文韜卻用力箍住他，聲音都沙啞了起來。唐十一聽在耳中，心裡明白這言外之意，還真就不敢掙扎了，老老實實地趴在桌子上，任由他把那粗長硬物嵌進他股縫裡去，來來回回地抽送。

就這麼廝磨了五六分鐘，唐十一已經有點趴不住了。雖然他看不見白文韜的臉，但情欲灼灼鮮活，他一手抱住他聳動，一手連著他的囊袋一起包裹揉弄，而他被捏弄得紅腫的乳頭敏感得一陣涼風刮過也會覺得酥癢，恨不得哀求對方再揉弄一下，好解了這撓心噬骨的癮。

「別……別弄了……」

馬眼微微翕張著吐出淫液，汩汩地沾染得大腿間一片泥濘，唐十一終於受不住了，低聲呻吟著哀求，「真的……受不了了……」

「嗯？」白文韜早已經感覺到手裡物事的怒張，卻還是想逗弄他，「是難受得受不了，還是舒服得受不了？」

「舒、舒服……嗯唔……」

「想射了嗎？」

「……」

「嗯？」

「……想……」

唐十一認輸般說了一個字，便只覺天旋地轉，後腦勺被墊在掌心裡安安穩穩地放落在桌面上，兩腿被拉了起來，架在了白文韜肩上；他看進了他的眼，他屏著呼吸期待他即將說出什麼話來。

然而他只是沉默。

沉默畢竟是十一爺的拿手好戲，白文韜居然從他那一雙盈盈的眼裡看出委屈和難過——而他偏偏受用。他把他整個抱起，離了那硬得硌人的桌子，親了親他的臉，「算了，不欺負你了。」

算了，無論他對他是什麼樣的打算都無所謂了，這一刻他在我懷裡就好了。

唐十一挨在桌上，接過白文韜遞來的水杯，把藥丸吞了。

白文韜一邊替他順背一邊問：「好點了嗎？刀口痛不？要不我還是送你到醫院？」

唐十一搖頭，指了指沙發，白文韜會意，扶著他到沙發上坐下了，「小心，要不要東西靠著？我拿枕頭給你？」

「不用了。」

唐十一在沙發上坐下，白文韜蹲在他跟前，兩人一個低頭一個抬頭，默默地看著對方。

身體的交合可以很簡單，情動了便能文頸相交，但離開了肉欲以後，兩人一時間反而不知道該怎麼開始說話才好。

白文韜伸出手，緩慢而堅定地把唐十一的雙手拉住了，合攏手心，低頭親了一下，又抬頭看看唐十一，看他並沒有不高興的表情，又繼續低頭親了一下。

唐十一想哭又想笑，只得嘆口氣，搖了搖頭。

「你跟我交代清楚的那天我走了，不是因為我還愛著小桃所以拋棄你，我去找她、照顧她，是因為一份責任，一份道義。」白文韜握著唐十一的手，認輸一般地坦白道，「你害過她，你是她的仇人，但是我愛你，所以，我一定要去見她的。我不能讓我們之間永遠隔著一個良心的包袱，無論她原不原諒你，無論她會不會因此連我也恨了，我沒有選擇，我只能去見她。」

「……然後呢？」唐十一安安靜靜地聽。

「我見到她了，不過，她……她已經不認得我了。」白文韜吸吸鼻子，快速地眨了幾下眼睛，「她不記得以前的事了。我跟她說我是她的表哥，在很小的時候失散了，現在接她去澳門。」

「所以她現在在澳門？」唐十一嗤笑道，「結果還不是什麼都沒說。」

「我把我們的事情當作故事一樣說給她聽，她說，如果是她，她不會原諒那兩個背叛她的人，但也不會恨，因為那樣只會讓自己辛苦。」白文韜撥正他的臉，讓他看著他的眼睛，「我要做的事情做完了，所以我回來了。」

「那你為什麼不告訴我？一年了，你為什麼不告訴我？」唐十一搖晃著他的手問道。

「我在等你啊！」白文韜挪到沙發上去，跟唐十一並排坐著，「我等你自己去面對，等你像我一樣跨過這道坎，等你能夠心無二慮地跟我重新開始啊！」

唐十一一動也不動地看著白文韜，眼睛裡的神采又從那單純的清澈開始泛起不尋常的情緒湧動了，「那你現在怎麼跟我說了？」

白文韜聳聳肩，扁著嘴很委屈地回答：「倔不過你十一爺，看不下去你十一爺這麼折騰自己，沒有你十一爺這麼好的忍耐力。我怕我再不說，可能得等到我們被人釘上木架子燒死的時候，你才捨得說你還是喜歡我。」

「誰喜歡你！」唐十一忍不住笑了，一笑，就把眼角處強忍已久的眼淚給笑了下來。他的手被白文韜捉得緊，擦不了，只能把頭低下，免得被白文韜笑話。

「反正我就是鬥不過你，十一爺，你滿意了沒有？」白文韜鬆開手，輕輕把他攬進懷裡，「我好辛苦，我們不要再折騰大家了，好不好？」

不是「行不行」，而是「好不好」。他們彷彿從一開始認識就不斷地在問對方這個問題，亦步亦趨，小心翼翼，生怕說錯一句做錯一步，就會讓對方覺得自己不好而拒絕。

可能夠讓你問出「好不好」的那個人，又怎麼捨得跟你說一句「不好」呢？

唐十一深呼吸一口氣，攀上白文韜的肩說：「好。」

第十五章

白文韜唐十一兩人解開心結以後，才真正開始了坊間傳說的風流快活。白文韜有時候聽著聽著手下彙報就神遊了開去，經人提醒才猛然回神。如此這般，加上那天白文韜斬釘截鐵地拒絕汪社明的聯姻，大報小報都指名道姓或者含沙射影地渲染兩人的事情，從唐十一開始奪權寫到他失勢，跟從前的版本都不同，都加上了個白文韜。

白文韜拿著那些報紙研究，明明自己才是新鮮登場的濃彩重墨的人物，卻一副局外人看戲的幸災樂禍口吻，「你不是已經跟他們打點過了嗎？還敢寫我出來呢，看來十一爺你的時代真的過去了咯～」

「我打點過還敢寫，想也知道是誰指使的。白局長，難道這不是你自己得罪回來的嗎？」唐十一優哉遊哉地在紅木書桌前擺弄一幅國畫，一會俯身畫兩筆，一會走遠幾步觀摩效果，很是認真。

白文韜放下報紙，走到他身邊歪著頭看那畫，只見東一塊黑西一塊灰，花鳥蟲魚都不像，「你在畫什麼？搗鼓一個小時了吧？」

「畫風景啊！」唐十一興致勃勃地拉著白文韜的手說，「你看，這是越秀山峰，這是山下的湖水，這是樹木，我在想要不要把杜鵑花畫上……你笑什麼笑！」

「我沒笑！我真沒笑！」

白文韜一邊說一邊就捂著嘴別過臉去了，唐十一面子掛不住，一生氣就把毛筆塞到他手裡去，「白大少爺自幼工於書畫，那倒是給我這劣作添兩筆，斧正斧正啊？」

「哎喲，你這劣作要斧正就不是一筆兩筆的功夫了！」

「白文韜！」

唐十一就要揪他衣領，白文韜突然拿毛筆往他臉上畫了兩筆，一筆額頭，一筆下巴。唐十一就覺得臉上涼涼的兩下滑過，起了一身雞皮疙瘩，正要抬手擦，就被人捉住手腕往書桌上壓了。

唐十一本就是過著紈褲子弟的聲色犬馬生活，跟白文韜好了不久的時候已經想要加深關係了，只是那時心裡哽著祕密，無法放縱自己。現在心思清明了，他倒是樂意跟他縱情聲色，晝夜宣淫。他勾著白文韜的脖子把他扯到自己身上，就用額頭去蹭他的臉。

白文韜被他蹭了一臉墨水，一邊嬉鬧一邊把他翻了個身。

過不了一會唐十一就只能用額頭抵著桌上的宣紙喘氣了。他趴在桌子上，隨著白文韜的抽插起伏，頸項俯仰間滴下的汗水都打在了宣紙上，汗水融了墨，在紙上拖拉出一道道深淺不一的墨痕。

「嗯……唔……不行了……到床上、到床上去……」被頂得腿腳發軟，唐十一撐不住了，幾乎跪倒，只能側過身子來推白文韜。

白文韜把唐十一轉了過來，捉住他的手臂讓他掛在自己身上，把他抱到桌子上躺著。唐十一脊背全印上了未幹透的墨，冰涼的感覺跟身體的火熱衝撞起更強烈的刺激。他把腿高高抬起，擱在白文韜肩上，任由他把自己頂得左搖右擺。

情動之時，白文韜摟著唐十一的腰把他貼在自己身上。唐十一也不客氣，把腿繞到白文韜腰上鉗著，積極地配合著，待那顫慄的快感過去，唐十一才滑了回去，躺在書桌上喘息著回味餘韻。

白文韜伏在他身上一會，突然把他拉了起來。桌上那已經不成樣子的丹宣紙上一片濃淡不一毫無章法的墨痕，他箍著唐十一的腰讓他靠在自己身上看那張畫，「你不是說叫我斧正嗎？現在可以開始了。」

唐十一愣了一下，隨即取笑道，「你不會在上頭畫一筆太白，就忽悠我那是黑夜裡的月光吧？」

「呿，這麼看不起我？」白文韜拿起一支乾淨的羊毫，把濃墨的補得更濃，把淡抹的推得更淡，又把唐十一磕上去的印子左一筆右一筆地作了些修飾，最後才把零零星星的朱砂絳藍群青仔細點染上。

唐十一覺得自己不是在看人作畫，而是在看一場魔術表演。白文韜就這麼把他那什麼都看不出來的塗鴉變成了一幅越秀仲春晨景圖，有遠山近林，有繁花春水，甚至連他滴下的汗水化開的墨痕，也成了清晨花間捉摸不定的霧氣。唐十一目瞪口呆地看了一陣，才回過頭去對白文韜說：「你早就想到該怎麼改對不對？」

「哪有，我就是剛才才找到的靈感。」白文韶笑笑，親了親他的鼻尖。我去你的！幹我的時候還能想到鳥語花香？唐十一腹誹著卻不敢說，只能翻個白眼，把他的手拉下來，「我去清理。」說著就整理衣服往浴室走。

「一起嘛，別浪費水！」白文韶迅速穿好衣褲，從後趕上去就把唐十一橫抱起來跑浴室去了。

於是唐家宅子裡又是十一爺厲聲呼喝「白文韶！！！」的叫聲了。

那缸水從熱的洗到微涼，唐十一趴在白文韶肩上完全不能動彈了，白文韶伏在他耳邊細細碎碎地吻著他的鬢髮，「明天我們去看真的越秀春景，好不好？」

「好……」唐十一其實什麼都沒聽進去——反正無論白文韶說什麼他都只會說好了——他往他懷裡鑽了鑽，睡著了。

白文韶說的話還真不是忽悠的，第二天一早他就拉著唐十一到越秀公園去遊玩了。

一九四五年的春天，隨著大批難民回歸，廣州也多少有了些人氣，開春時節，也有青年男女在公園裡踏青遊玩。唐十一跟白文韜沿著山徑拾階而上，山花早已爛漫了一路。唐十一很有興致地拉著白文韜對曲詞，一會唱「妊紫嫣紅開遍」，一會唱「春光滿眼萬花妍」。白文韜雖然自小就聽戲長大，也得想一想才能對上，走到半山，他就投降了，「不行了啊十一爺，這跟你行山，不光要體力，還要腦力呢！」

「白大少爺，可是你自己提出要來公園的啊！」唐十一倒是精神得很，也許是因為他習慣了早起，「還有一半才到山頂呢！」

「你還要一直爬到山頂上去啊？」白文韜拿起脖子上的毛巾擦汗。

「既然要爬山，當然要爬到最高，要不爬來幹嘛？」唐十一拉著他的手往前走，「走吧！」

「好、好……」白文韜覺得自己打錯算盤了，本來他以為唐十一來公園就是看看花草樹木，賞賞雲淡風輕，沒想到他此時就不風花雪月了，反而積極健康地登起山來。他只好嘆口氣，跟上去了。

終於來到了山頂，清勁的山風裹著花香撲來，唐十一伸了個大懶腰，忽然拉起那清洌的嗓音「呀」了一聲。白文韜知道他又準備唱戲了，便走到他旁邊準備接他的詞。

誰知道唐十一竟是唱了一段《遊園驚夢》，他扶著山頂石亭的欄杆，眼神便遠遠落在了這片故園上，嘴唇開開合合，也不在乎那唱功如何了，只有那清淺婉雅的詞慢慢唱來。

「原來是奼紫嫣紅開遍，似這般都付與斷井頹垣。良辰美景奈何天，賞心樂事誰家院？朝飛暮卷，雲霞翠軒；雨絲風片，煙波畫船。錦屏人，忒看的這韶光賤！」

本來不過是閨閣小姐感嘆年華易老的內容，被唐十一悽楚哀涼地唱了出來，眼前又是一片滿城掛著日本國旗的廣州，那「韶光賤」的原因便越發使人心酸了。白文韜沒有接上他的詞，只是走上兩步，搭上他肩膀用力揉了揉。

唐十一苦笑一下轉過頭來，「對不起，掃興了，我不是故意的。」

「你要是還能唱出別的，就不是唐十一了。」白文韜從後抱住唐十一，把頭窩進他的頸項之間，「你下次別唱牡丹亭，唱桃花扇。」

「為什麼？」唐十一不解問道。

「你唱牡丹亭，杜麗娘唱完了是婢女唱，婢女唱完了還有花神唱，好久才到小生唱呢！」白文韜笑道，「你唱桃花扇，那李香君唱完就到侯方域了嘛。」

「你還爭戲份啊你？」唐十一笑了，捏了捏他的鼻子。

「我不是爭戲份，我是要陪著你唱。」白文韜把唐十一的「魔爪」捉住，「我們這場戲，總不能一直只有你在唱吧？那不成獨角戲了？」

「獨角戲也總比無聲戲好。」唐十一垂下眼眉來，「我從前以為，這場戲，我根本就沒有出聲的份……」

白文韜知道他在想什麼，但此時語言都是空白，不如一個結實的擁抱，於是他用力地抱了抱他。唐十一也往後靠了靠，此時無聲勝有聲。

正是溫情脈脈的時候，忽然兩人都怔了一下，交換個眼色便不動聲色地分開了。白文韜悄悄回手摸向腰後的配槍，猛地回身就朝一處草叢打出一槍，「出來！第二槍我就不打歪了！」

那草叢窸窸窣窣了一陣後，鑽出了一個身穿褐色長衫的男人。他雙手舉高，以示自己沒有惡意，「白文韜不愧是廣州第一的神槍手，身手不凡，連警覺性也高。」

「多謝恭維，但如果你不說出你的目的，恐怕我不能就這麼放你走。」白文韜下意識地把唐十一護在身後。

「唐老闆，白警官，我是來請你們幫一個忙的。」那男人說著，語氣非常篤定，「不久，軍需廠的技術總監會意外死亡，到時候，會有一個叫馬雲的人到萬匯面試。他是個工程師，你就介紹他到軍需廠當技術總監吧。」

「然後，他就從中作梗，破壞掉軍需廠為日軍提供的武器，他們損兵折將，我這個推薦人就被捉到集中營去受折磨而死，對吧？」唐十一冷笑一聲，「這位一定是抗日部隊的軍官了，可是你找廣州最大的漢奸去幫忙，這不是搞笑嗎？」

「唐老爺，你不要誤會，我沒有把你當作敵人來威脅你。」男人語氣中的誠懇倒是叫唐十一意外，「請你一定要幫我們這個忙，馬雲做的手腳會很巧妙，不會讓人發現的。」

「那如果被發現了呢？」唐十一雖然疑惑，卻還是不肯鬆口，「我走到今天這一步，都已經收山了，我不能賭你這個萬一。文韜，我們走。」

「等等！」白文韜卻拉住了唐十一，他收起槍，向那男人問道：「你為什麼確定我們會幫這個忙，又是怎麼知道萬匯跟軍需廠有聯繫的？」

「我們有可靠的消息來源，這方面我不能透露。」那男人向白文韜敬了個軍禮，「白警官，我知道你一定會幫這個忙的，拜託你了。現在是戰爭扭轉的關鍵局勢，我們不能失敗！」

白文韜跟唐十一都沉著面色不說話，唐十一拉著白文韜往後走。這次白文韜沒阻止了，跟著他一起下了山。

「十一，」到了山腳，白文韜才拉住步伐急速的唐十一道，「幫不幫？」

「……我想長命百歲。」唐十一回過頭來，皺著眉頭，「我想活著看那些蘿蔔頭滾出廣州，滾出中國。」

「……我們都會長命百歲的。」白文韜笑了笑，拍拍他的臉，「走吧。」

唐十一低著頭，不再說話。

下午，白文韜就回局裡辦事了，唐十一坐在書房裡看著牆上掛著的那幅字。

酬君嫣然一回顧，等閒生死逐八荒……

唐十一拿起電話來，「張祕書，如果晚點有個叫馬雲的人來應聘工程師的話，就請了他吧。」

杜鵑花剛剛開敗，五月上旬，廣州城裡整個局勢突然緊張了起來。電臺報紙等媒體全被日軍占據，只能播放日本音樂，登載無關緊要的康樂文體消息。出入廣州的關卡也變得非常嚴密，夜晚的宵禁提前到七點，就連白文韜給到憲兵部送東西也要檢查三四次才能進入。

如此種種，都是一個垂死掙扎的末路姿態。白文韜問唐十一覺得時勢發展會怎麼樣，唐十一說，你問我，我問誰去？

「唐家十一爺不是無所不知無所不能的嗎？」白文韜調侃著，卻又帶著些微的責備語氣，「連馬雲你都弄到軍需廠裡了，你還有什麼不能做、不敢做的？」

「我可沒把馬雲弄到軍需廠去，是軍需廠的孫廠長自己跑來萬匯求我把馬雲借他的，我只是請了一個工程師。」

唐十一說著就踢了白文韜一腳。白文韜正在砌麻將玩，受他一踢，壘得挺高的麻將牌就全倒了下來，有幾個還砸到了白文韜頭上去，唐十一笑得在沙發上打滾。白文韜微惱，瞪了他一眼，就撲過去鉗住他的手腕把他壓住了。

「你什麼都沒做？那孫廠長的車子壞在路上，馬雲那麼湊巧經過，那麼湊巧帶著工具，那麼湊巧就修好了他的車子？」白文韜低下頭咬唐十一的耳垂，「你敢不敢看著我說，這真的跟你毫無關係？」

唐十一一邊笑一邊躲，「不敢！」

「你臉皮可真是越來越厚了！」白文韜一隻手鉗住他雙手，另一隻手就去解他衣服，「那這層皮就不要了，好不好？」

「你滾！」唐十一「咯咯」笑著掙扎，白文韜只當他在調情——唐十一也真的是在跟他調情——便越發沒規沒距起來，全然不管現在是白天日頭，就在白文韜的辦公室沙發上糾纏了起來。

響亮的敲門聲讓兩人皺著眉頭分開了，白文韜大聲問：「誰！」

「局長，」是李祕書的聲音，「田中大佐剛剛發來請柬，請你跟十一爺今晚到愛群酒店吃飯。」

田中隆夫請白文韜吃飯不出奇，可是連唐十一也一起請了，是什麼事情如此嚴重？

唐十一跟白文韜面面相覷，心知肚明。

這頓飯無論目的為何，大抵都是一場鴻門宴了。

田中隆夫來愛群飯店吃過很多次飯，有時候是他邀請別人，但更多時候是別人巴結他。對於這個地方，他說不上喜歡還是討厭，但一定是特別的。

情。

尤其當跟他吃飯的人裡頭有唐十一的時候，就代表著這次的飯局會改變一些事情。

今晚也一樣。

田中隆夫的手微微發抖，那是一種因為緊張而引起的肌肉痙攣。他清楚明白今晚的事情會產生多麼翻天覆地的改變，因此無法控制地興奮。

建設會讓人產生厚實的滿足和歡欣，但破壞與摧毀帶來的興奮卻無法比擬，它象徵著絕對的力量與權威，讓人迷醉。田中隆夫在日本警校畢業的時候，他的老師曾經告誡過他，只有壓抑這份衝動，才能成就大事。

所以他一直在壓抑，面對唐十一這般囂張跋扈、敢跟皇軍談條件的人，他沒有選擇一槍斃了他，而是容忍跟賞識，為的就是換取更大的利益。他需要一個人來建設，而唐十一最能擔當這個角色。

可現在，他不需要再壓抑了，而且上面的命令也正合他心意：摧毀廣州，集中兵力回援中原地區。

燒殺搶掠這樣的方法太原始粗野了，雖然簡單，卻也無趣。

田中隆夫覺得自己這次來中國最大的收穫，就是學到了一句中國古訓：射人先射馬，擒賊先擒王。

廣州的所謂撈家在他眼中看來就是一群領了牌照的土匪流氓，今天，他就要跟土匪頭子掀牌了。

唐十一跟白文韜準時赴約。唐十一大概是重病初愈，深藍西裝外頭又穿了一件灰色的大衣。白文韜作平常的西裝打扮，就算配槍最多也就一把。

田中隆夫在樓上看見車子就吩咐人去接應——其實是叫人去搜身，果然，從兩人身上都卸下了槍械，唐十一藏在外套內袋的一把小巧的勃朗寧手槍也叫他們搜去了。

「大佐，雖然說好久不見，我們也沒生疏到這個份上吧？」唐十一見了田中隆夫，便一邊笑一邊半開玩笑地埋怨道，「搜他就算了，還搜我呢！」

「例行公事而已，沒什麼的。」田中隆夫抬抬手請他們入座，白文韜看了看四周，整層樓只有他們三個。

「大佐，那麼冷清地吃飯不過癮吧，要不請請幾個小姐來陪興一下？」白文韜說。

「人多不好談事情。」田中隆夫笑了笑，隨即就叫人上菜，「今天的菜式我是叫梁經理親自寫的，都是你們喜歡的口味，多吃一點，不用客氣。」

白文韜跟唐十一互看一眼，白文韜就推說去洗手間離座了，唐十一笑著拿過菜單，「是嗎？我倒要看看有沒有我不喜歡的，要是有，那老梁就慘了！」

「唐老闆，你明明都不管事了，怎麼還是那麼瘦？該不會名義上說退休，實際上在背後搞什麼小動作吧？」田中隆夫對專心致志地研究菜單的唐十一說道。

「小動作，哈，大佐，你也太小看十一了。」唐十一從菜單裡抬起頭來，隨手扔到桌面上，「我要搞就搞大動作了。」

「什麼才是大動作呢？軍火？」田中隆夫冷笑一下，「聽說軍需廠的技術總監馬雲是你的人？」

「本來是萬匯的工程師，來幫我做電器研發的，後來就被孫廠長要去了。」唐十一聳聳肩，「怎麼，他工作做不好？不用給我面子，該辭退就辭退吧。」

「沒有，他工作好得不得了，我們的軍需設備補給很到位，只是不知道為什麼總是用得不順手。」田中隆夫盯著唐十一的眼睛道，「我們懷疑他是抗日組織的。」

唐十一往椅背上靠了靠，還是那麼清澈單純的眼神，「田中大佐，你該不會懷疑我吧？上一次你把我拉到監牢去，害我差點被打死。後來你又懷疑周傳希，我都替你動手殺了他了。雖然這些事我沒放在心上，可總不能一而再再而三啊？」

「唐老爺別誤會了，我怎麼會再這樣懷疑你呢？」田中隆夫替唐十一倒了杯紅酒，「我說話不對頭，自罰一杯，唐老爺，你也喝吧。」

「應該的。」唐十一接過紅酒，雖然心裡知道這酒大抵是加料的，但也沒辦法不喝，於是他抿了一口，就拿手帕擦嘴，悄悄把酒都吐到手帕上了。

白文韜此時回來了，手上拿著一瓶白蘭地，「剛才梁經理在門外，說這個酒是附送的。送上門的不喝白不喝，大佐，我們試試看？」說著，也不管田中隆夫的反應就倒了一杯，自己先喝了，「嗯，果然好酒！嘿，十一，你就別喝那斯斯文文的紅酒了，試試這個！」

「我喝什麼酒你都管起來了，管得真寬。」唐十一暗裡鬆口氣，接過白蘭地，先給田中隆夫一杯，「大佐，醫生讓我少喝酒，今天我只能陪你喝這杯了，你別見怪。」

唐十一跟白文韜一唱一和地換了田中隆夫那瓶紅酒改喝白蘭地，田中隆夫也給面子喝了。但喝完了唐十一敬的那杯以後，他就放下酒杯站起身來，走到了窗邊，「好了，看來這頓飯也不用吃了。」

「大佐這話是什麼意思？」唐十一往後挪了挪椅子以便隨時起身，而白文韜已經站了起來，往前走了幾步，到田中隆夫身後十步左右的距離警惕著。

「你們支那人不是有斷頭飯的說法嗎？人死之前，要吃一頓好的才能安心上路。」田中隆夫猛然轉身，舉起槍來對準了唐十一，「我本來想讓你們吃完再上路的。」

「就算做鬼，也得讓我做隻明白鬼吧？」唐十一握緊了椅子扶手，「我不知道自己哪裡做得不好讓皇軍對我不滿了，但只要皇軍給我一次機會，唐十一一定盡全力做到最好，讓皇軍滿意……」

「沒有沒有，唐老爺，你做得非常好，皇軍非常滿意。」田中隆夫說，「你花了不到三個月的時間，就讓廣州從一座被轟炸得破破爛爛的廢墟恢復生氣。無論是商業還是鴉片生意你都搞得有聲有色，上繳的軍票都按時足數，皇軍哪裡會不滿呢？但就是你做得太好了，我知道只要有你唐十一在，廣州就不會沒有希望。」

「我不明白你的意思。」唐十一冷汗沁了一背脊。

「總部命令我把廣州毀掉，全力回援中原地區。但是我知道，就算我再轟炸廣州一次，你唐十一也有本事把它重新建起來！」

話音未落，田中隆夫就扣下扳機了，唐十一一蹬桌子往後一翻，實木椅子擋掉了那顆子彈。一槍落空他馬上轉移槍口對上白文韜，卻不想白文韜卻先他一步拔出槍來，「砰」的一下打中了他右手手腕。

田中隆夫慘叫一聲，又驚詫又憤怒，「好個白文韜，這樣也能帶進槍來！」

「早就料到這是場鴻門宴了！」白文韜中午時分就讓人潛進來在廁所裡藏了槍支，他快步來到唐十一身邊打算護送他離開。此時窗外傳來一陣陣響亮的跑步聲，又整齊地在愛群酒店底下停住。

「我也早就料到兩位非是凡人。」田中隆夫猙獰的笑意讓人心寒，他扼著血流如注的手腕，叼著軍哨吹了一下。剎那間，子彈如同暴風驟雨一樣朝裡頭射了進來，田中隆夫衝向唐十一，自己也不躲，直把他摔到了大廳正中毫無遮擋的地方。白文韜一腳踢起一張桌子罩在他們兩個身上，自己也滾到另一張桌子底下躲避子彈。

雖然唐十一靠著那桌子暫時擋住了子彈的攻擊，卻是讓田中隆夫有了近身刺殺的機會。田中隆夫用右肘壓住唐十一的喉嚨，左手就拔出了匕首直往唐十一胸口刺下去！

唐十一及時翻身，匕首刺進了他左肩，他死命握住匕首不讓田中隆夫拔出去。

本來田中隆夫的體能對上唐十一是有絕對優勢的，但他右手廢了，只能靠腰力平衡，一時間也奪不下匕首。

子彈掃射了一會就停下了，士兵都在等長官的第二輪指示。剛一熄火，白文韜就衝過去把田中隆夫踢翻了開去。他拉起唐十一就往外跑，田中隆夫哪能放棄，大步追上去一把箍住了唐十一的脖子往後拉。白文韜回手想給他一槍，他已經把唐十一擋在身前當擋箭牌了。

「你開槍啊！」田中隆夫箍著唐十一的脖子往窗邊拽，「你現在開槍打死他，比我把他推下去被亂刀刺死舒服多了！唐十一，這死法是不是很熟悉？還是你原創的呢！」

「你不放開他我一樣能打中你！」白文韜逼近幾步朝田中隆夫吼，其實他也只是在跟他比氣勢而已。

「你試試看啊！」田中隆夫勒著唐十一的手臂收緊了一下，幾乎把唐十一整個人提了起來。唐十一被勒得呼吸不暢，咳了起來，「反正怎麼樣他都得死！本來我還好心讓你們一起上路做對同命鴛鴦，你們真是浪費了我的一番好意啊！」說話間，田中隆夫已經拽著唐十一後退到了窗邊。

「呵、呵呵！」滿臉漲紅的唐十一突然笑了起來，他扯著田中隆夫的手臂冷聲說道：「田中隆夫，你以為我唐十一是什麼人？我會什麼安排都沒有就來？」

「虛張聲勢！唐十一，我不會再被你這些虛浪頭給拋了！」

田中隆夫正說著，突然唐十一反客為主，拉著田中隆夫就要往窗外跳，「那來啊！我們一起跳下去！看他們刺死的是你還是我！」

「唐十一你這個瘋子！」即使那底下的士兵全是真正的日本士兵，從六樓摔下去也不是開玩笑的，田中隆夫梗著身子想制住唐十一，但唐十一卻死命捉住他要跟他同歸於盡。

拉扯之際，空門大開，白文韜瞄準了田中隆夫的後背心，「砰砰」兩槍正中要害。

田中眼眥盡裂，口鼻都湧出了鮮血，臉上卻全是扭曲的快意，「呵呵，這下你真要陪我死了……」說著，就攬著唐十一，跟他一起往窗外倒了下去。

「十一！！！」白文韜飛撲過去已經來不及捉住唐十一了。唐十一跟田中隆夫一起墜地，地上一片鮮紅。

「散開！都散開！」白文韜用日文向下面的人大吼，那些士兵驚見長官死亡，不知所措，白文韜已經迅速跑下樓來，把唐十一抱了起來。

只摸到了他腦後一片鮮血。

田中隆夫死亡，唐十一重傷，作為那天晚上唯一一個還能開口說話的人，白文韜的說辭是他們在吃飯時被抗日組織偷襲了，田中隆夫吹響軍哨求救，被流彈打中，唐十一則是為了躲避子彈而失足掉下樓。

無論這番說辭多麼缺乏可信性，但在當時，抗日組織的活動確實十分頻繁。就在出事的第二天晚上，他們竟然神不知鬼不覺地在全廣州的大街小巷張貼了抗日宣傳單，每家每戶的門縫裡也都塞著，更有藏在高樓欄杆上任其隨風飄落的，無不宣傳日本即將戰敗，鼓勵群眾積極抗日。汪氏政府驚懼不已，忙於派人銷毀傳單、搜捕抗日人士，一時間也把白文韜這邊的事情放下了。

其實如果不是因為唐十一也墮樓重傷，他們肯定會被捉去嚴刑拷問的。就歸功於他們對於白唐兩人的關係已經是根深蒂固的「非卿不可」，反倒讓白文韜的嫌疑淡薄了很多。他依舊能夠自由出入禁菸局，只是職能被架空，由副局長代理而已。

可現在他也沒有心思去管那些亂七八糟的事情。

唐十一從六樓掉了下來，雖然他最後奮力把田中隆夫推到身下去當墊子，卸了一下力，但那衝擊仍是讓他磕了滿頭鮮血，醫生診斷他很有可能成為植物人。

植物人這個詞白文韜雖是第一次聽說，但字面上就已經很好理解了。他失神地在醫院走廊裡坐了一天，才慢慢恢復了思考的能力。

也就是說，以後唐十一再也不會跟他鬥嘴，不會跟他逞強，不會跟他對戲，他叫他他不會回答，他笑他無法分享，他哭他也不會心疼了？

白文韜站起來，走進病房，在唐十一床邊坐下。

明明唐十一看起來就只是睡著了而已啊……白文韜捉住他的手，明知道自己很傻，還是叫了一聲：「十一？」

沒有反應，唐十一還是那麼安安靜靜地躺著，連睫毛都沒動一下。

白文韜再也無法控制，放聲痛哭了起來。

如果這是報應，為什麼只報在你身上？是不是因為我做的壞事還沒你多，所以還沒輪到我？

白文韜把臉埋在唐十一手裡。還有脈搏啊，還有體溫啊，唐十一，你怎麼不努力一下醒過來？我還在，我還在你身邊，你給我醒過來啊！

他一直哭到喘不過氣來了才止住，哭聲變成了斷斷續續的幽泣。

不對，這不僅是你的報應，也是我的。白文韜抬起頭來，俯身到唐十一跟前，吻了一下他的額頭。

我的報應，就是要一輩子守著這樣的你。

「如果你走了，我也一起走。」白文韜在唐十一耳邊威脅著，嘴唇顫抖，「所以如果你還想廣州有人守著，你就起碼吊著一口氣，不要死，不要死……」

唐十一呼吸綿長，面容祥和安寧。

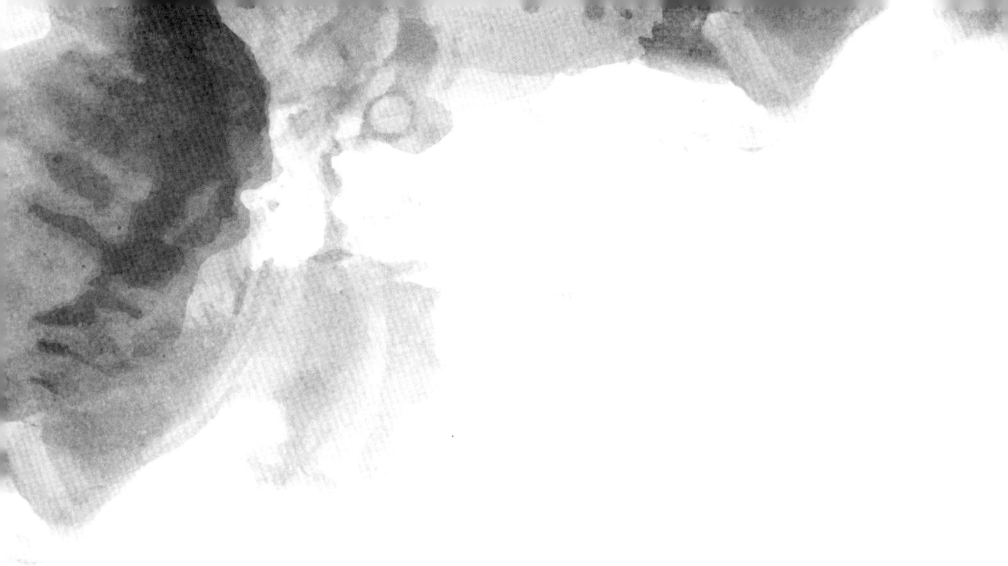

終曲

一九四五年的七月非常漫長，日本軍隊如同盲頭蒼蠅，在街上逮著人就說是遊擊隊；汪氏政府拚命緝拿抗日人士充人頭，廣州城泰半商鋪歇業避免被日軍掃蕩；有錢人提心吊膽，既擔心被政府懷疑窩藏遊擊隊，也擔心被所謂的「愛國」組織逼捐財物。

在廣州暴亂頻發的時候，白文韜申請轉任警察局局長，負責廣州治安。汪宗偉求之不得，馬上就批准了。白文韜在維持治安這一塊是老熟行，劃分區域、制定值班、安排巡邏、分配人手、調配警備，一串工作完成得非常迅速，第一天就捉了好幾個打著愛國旗號搶掠的賊人一頓好打。一個星期以後，街上一些小販才敢重新營生，但稍大一點的商鋪依舊關門大吉，一片蕭條。

在征得醫院同意以後，白文韜就把醫院當家了，直接在唐十一的病房裡架了張尼龍床就住下了。有時候他一邊替唐十一擦身按摩，一邊跟他說現在的時勢，為他念抗日宣傳單，或者乾脆就唱一段戲。

不過唐十一也還是那樣靜靜地躺著而已。

七月下旬，醫院來了一位來探望唐十一的特別訪客。說特別，是因為白文韜完全沒有印象什麼時候認識過這麼一個人。

來人是個二十五六歲的女人，成熟的髮型讓她看起來年紀更大了些，說不定其實只是二十出頭。看氣質絕對不是唐十一從前歡場作陪的那些小姐，也不像是生意場上來往的商人。

白文韜請她坐了，倒了杯熱水給她，「不好意思，在這種地方連茶葉都沒有，委屈客人了。」

「連十一爺都不覺委屈，我有什麼好委屈的?對了，我叫趙玉瑩，其實你也見過我。」來者卻是周傳希最後一次任務要護送的趙玉瑩，她衣著光鮮，但也稍顯風塵僕僕，應該是剛剛回到廣州，「三九年的春節，十一爺不是讓一班孤兒唱日文歌嗎?當時領頭唱歌的那個女孩就是我。」

白文韜用力地回憶了一下，才隱約有了些印象，「妳、妳是那個日文老師?!哦!

我完全不認得了呢！妳不是跟著第一批孤兒到香港了嗎，也被遣送出來了?」

「不，我不是被遣送出來的，我是主動離開的。」趙玉瑩有些意外，「十一爺沒跟你說?」

「他要跟我說什麼?」白文韜愣了一下。

「……」趙玉瑩往前傾了一下身子，白文韜也俯身，她小聲地在他耳邊說道：「其實我是抗日組織的情報特工，十一爺是知道的，然後以這樣的方式把我也送到了香港，進行抗日工作。」

「妳?!」白文韜早知道唐十一有事情瞞著他，卻沒想到竟然是這麼大的事情，「好你個唐十一，要不是你還睡著，有你好看……」

「周大哥的事情，也都怪我。他是在我第二次任務的時候，為了護送我離開，才會……」趙玉瑩嘆口氣，「所以現在十一爺成這樣了，我覺得我一定要來看他。」

「周傳希?」白文韜腦子裡飛快地思考了一回，「難怪日本人懷疑他了……」

「白警官，十一爺的犧牲不會白費的。」趙玉瑩說著就拿出了幾張電報，「這都是我們在國外的情報人員彙報的消息。美國、蘇聯、英國等國家不久就會對日本宣戰，全世界的反法西斯國家都已經聯合起來了，我們很快就能勝利！」

「行了，你們這些話，其實我聽不懂的。」白文韜笑笑打斷她的話，「總之妳就是說，讓我們堅持下去，很快就能打勝仗、把蘿蔔頭趕出中國了，對不對？」

趙玉瑩紅了臉，不好意思地搔搔髮尾，「對不起，我一激動就……」

「沒關係，謝謝妳。」白文韜朝趙玉瑩伸出手，「要不我也不知道這傢伙藏了這麼大的祕密沒告訴我。」

「十一爺比我們想像中的更厲害，白警官，你要相信他，」趙玉瑩看了看床上的唐十一，用力地握住白文韜的手，「你一定要相信他。」

「我一直都很相信他。」白文韜抬起另一隻手摸了摸她的頭，笑道，「別哭哦，要是把妝容哭花了，就成醜八怪了哦。」

趙玉瑩破涕為笑，她快速地眨了幾下眼睛，把淚光眨了回去，「我要走了，告訴十一爺我很好，請他不用擔心。」

了。

「一定轉達。」白文韜說，「我送妳？」

「不用了，你陪著他吧。」趙玉瑩拿起風衣，微微鞠了鞠身子，就走出病房了。

趙玉瑩曾經想過，其實唐十一對她會不會有一點點的私情在呢？他在親吻她的時候，叫她小情人的時候，除了戲假，會不會有一點點的情真呢？

今天她知道答案了。

趙玉瑩上了一輛停泊在醫院門口的車，戴著帽子跟黑色墨鏡的司機問道：「見著他了？」

「見到了。」

「他怎麼樣？」

「除了醒不過來，還好的樣子。」

「妳打算怎麼跟組織彙報？」

趙玉瑩抬起頭來，咬緊牙關，「就算要我死，我也一定要組織把唐十一的名字從緝拿名單上除下來！」

「我就知道。」司機對她的答案毫不意外，他踩下油門，駛離了醫院。

八月十五日中午，日本天皇廣播《停戰詔書》，宣布無條件投降。白文韜正在街上巡邏，剛好聽到電器店裡的廣播，他跟其他人一樣，木頭人似地愣了好一會才回過神來。

贏了，打贏了！終於結束了！街上所有的人同時高聲歡呼，也不管身邊的人認不認識就撲過去擁抱叫好，漫天滿地告示日本投降的傳單到處飛舞，白文韜跟手足們抱著一起跳了好幾個圈，才從那巨大的喜悅中慢慢反應了過來。

「大鵬！細榮！」白文韜用力搖醒了幾個手足，「通知所有區域的手足回局裡開會！今晚一定有大事，你們快點把人叫回來！」

「當然有大事啊！日本投降了啊！」大家依舊沉醉在狂喜的情緒中，沒聽明白白文韜的話。

「我說今晚的大事是要有暴動了！」白文韜使勁捏住他們喊，「今晚一定會有人去打砸商鋪，搶有錢人家裡的財物，日本人的我們就不管了，隨便他們砸，但我們中國人的地方不能任由他們亂！」

大家才稍稍回過神來，「是啊，上次轟炸以後他們就這樣！都趁火打劫！」

「立刻回去開會！立刻！」

不到一個小時，各個區域的負責人都集中到警察廳，聽白文韜的安排部署。

「你們重新分配人手，在沙面、越秀、東山這些地方加緊巡邏，一發現有人圍聚搶奪馬上吹警哨放信號槍，附近的兄弟看到了就立刻支援！」白文韜深呼吸一口氣，「今晚會很辛苦，因為你們面對的都是中國人，不是蘿蔔頭，能不開槍就不開槍，但也要照顧自己的安全。我把警備都發下去了，你們要小心！」

「局長，要是我們真的挺不住怎麼辦？」一個負責人擔憂地說，「我們的警力嚴重不足，就那麼五六個人，到時候那些暴民四五十人一起來搶，我們頂不住的。」

白文韜嘆口氣，走過去拍了拍他的肩膀，「我明白的，如果真的那樣，起碼保證不要出人命，就當破財擋災了。」

「唉。」不知道是誰嘆了口氣，「沒想到打完蘿蔔頭，就要打自己人了。」

白文韜其實很想說，這就是人心，不分國籍的。

可他只能笑笑，鼓勵大家積極面對。短暫的會議結束後，細榮把白文韜拉到一邊去，「今晚就交給我們了，你去保護十一爺吧。」

白文韜感激地一笑，「他人在醫院，家裡的東西讓人搶了就搶了吧，他不在乎的。」

「我只怕有人不要錢只要命！」細榮焦急地跺腳，「你們心胸廣闊，可有的人就是小人啊！你想十一爺得罪過那麼多人，其中有一兩個對他恨之入骨非要殺他解恨的，不在這個時候叫囂著殺漢奸把他殺了，還等什麼時候啊！」

白文韜恍惚了一下，才意識到這個事情的嚴重性。他用力拍了拍細榮的肩膀說了「謝謝」，就馬上打電話叫權叔先叫三四十個萬匯的保鏢去醫院保護唐十一，自己也立刻往醫院趕。

醫院門前果然已經有些流氓在虎視眈眈了，可他們認得白文韜，也認得行頭標準的萬匯保鏢，也就只敢在門口張望，偶爾試圖挑釁。但這些保鑣都是當初精兵營裡跟著周傳希打爬摸滾出來的，無論身手還是氣度都不是那些流氓能對付的，他們往那裡一站，大有萬夫莫開的氣場，沒有人敢越雷池一步。

白文韜來到病房，看見權叔夫婦還有劉忠都在，心裡也安定了一些。權叔不光把家裡值錢的細軟都打包了過來，甚至連白文韜寫的那幅字也帶了過來，「我知道少爺可喜歡你這幅字了，絕對不能讓那些流氓毀了。」

「權叔，謝謝你。」白文韜跟唐十一不一樣，唐十一把權叔當半個長輩，白文韜可是把他當十足的長輩。他跟唐十一一起的時候，最介意的其實就是權叔的看法。別人他可以不在乎，但他知道權叔是真心實意地疼唐十一，所以很希望能得到他的認可，「還是你最明白他了。」

「都這個時候了，有什麼好謝謝的呢？」權叔就算再不滿意，看著他們六七年來風風雨雨地走過來，還有什麼能挑剔的呢？「白警官，你要是不介意，我也喊你一聲老爺好了。」

「你叫我文韜就可以了。」白文韜受寵若驚。他一邊跟醫院協商多開了一間病房安置他們，一邊重新安排了一下那些保鏢的值班。那些人都在黃埔荒山見識過白文韜一人獨鬥兩個兵營的氣魄，自然服氣地聽從他的指示安排。

一切都安排停當以後，一陣陣響亮的鞭炮聲就從廣州城的大街小巷裡傳過來了。有人歡呼，有人唱歌，有人敲鑼打鼓，大家都在以狂歡的形式來迎接勝利的第一夜。

白文韜搬了張大椅子到窗邊，銀紅色的煙花「砰」地一下綻開了，緊接著又是一顆銀白色的煙花，此起彼落。他把唐十一抱到椅子上，自己當了人肉坐墊，扶著他往窗外看，「十一，你看，我們打贏了，蘿蔔頭終於要滾出去了！你快看看啊！那些聲音你聽到了嗎？轟隆隆的，不是轟炸、不是子彈，是煙花，是鞭炮，大家都在慶祝呢！」

唐十一歪著身子靠在白文韜懷裡，一動也不動，除了起伏的胸膛跟潮溼的呼吸，幾乎讓人懷疑他已經不在了。

白文韜替他理了理衣服，讓他跟自己頭靠頭地並排坐好，「我知道你不喜歡吵，不過今晚就破例一次吧。對了，不如來唱段戲慶賀一下？唉，唱什麼好呢？嗯，還是唱你喜歡的鏡合釵圓好了。」

說著，白文韜就當真在唐十一耳邊唱了起來，「霧月夜抱泣落紅，險些破碎了燈釵夢。喚魂句，頻頻喚句卿須記取再重逢。嘆病染芳軀不禁搖動，重似望夫山半崎帶病容。千般話猶在未語中，心驚燕好皆變空。」

「……」

白文韜好像聽到了一點低啞的呢喃，他愣了愣，低頭看了看唐十一，也未見他有任何神情變化，便只當自己心理作用，「唉，人家李十郎要喚小玉妻，你這十一娘啊，我可不敢喊了。」

「……十郎。」

「嗯?!」白文韜這回是真真切切地聽見了，他一把扶起唐十一，捧著他的頭急切地喊道：「十一！十一！唐十一！你要是醒了就睜開眼睛來！睜開眼睛啊！唐十一！」

「知道了……」唐十一慢慢張開眼睛來，一副迷迷糊糊剛睡了個午覺的樣子，「好難聽。」

「哈啊？」

「你唱得、好難聽。」唐十一總算把眼睛都睜開了，卻是皺著眉頭噘著嘴嫌棄，「完全沒有中氣……你、你這些天幹什麼去了？把底子都耗了……」

白文韜剎那間哭笑不得，他把唐十一抱進懷裡，「你把廣州都扔給我管，我能不累得底子都耗光了嗎？」

「嗯？」唐十一眼睛轉了轉，窗外又綻放了一朵銀紅閃綠的煙花，「他們為什麼放煙花？還有、還有鞭炮？過年了嗎？不是才過完嗎？」

「我以後再告訴你，現在，你得先讓我做一件別的事情。」白文韜笑了，雙手捧起唐十一的臉。

「嗯？」唐十一皺了皺眉頭，剛剛張嘴想問，白文韜就湊了上來，把他那一開聲就嫌棄他的嘴堵上了。

窗外火樹銀花，窗裡鏡合釵圓，這一場戲終於不再是無聲戲，可以放聲地開始演唱了。

唐十一昏睡了兩個多月，除了身體孱弱了一些，倒是沒有其他大問題。醫生叮囑他好好調養、多加鍛煉，應該就沒問題了。

身體健康沒問題，但其他的問題可就大了。

日本戰敗，當然讓人歡欣鼓舞，但汪氏政府也隨之受到重大的打擊。唐十一瞬間就從呼風喚雨的大人物變成了人人喊打的大漢奸，如果不是有保鏢跟白文韜護著，早就跟其他跟日本人有交易過的老闆一樣被搶劫打砸了。

趙玉瑩一個月以後摸黑來到了唐家大宅，唐十一看到她很是驚訝，未及敘舊，卻是被塞了兩張船票，「十一爺，你這次一定得聽我的，收拾好東西離開廣州吧。」

「發生了什麼事，妳怎麼這麼慌張？」唐十一把她從玄關拉到屋子裡坐好了。

「十一爺，我可以很明確地告訴你，在不久之後，會打另一場仗，這場仗你們現在服務的政府一定會輸的。我們組織一入城，你還有白警官，都會成為頭號通緝犯。」趙玉瑩神情焦慮，她硬是要唐十一把船票收了才放心，「我會盡我最大的努力為你們正名，但是我不敢賭。十一爺，我不能讓你受苦，我一定不能讓你有事！」

「妳慢點說，不要急。」唐十一拉過她的手慢慢拍著，試圖安撫她的情緒，「妳慢慢說，我會聽妳說的。」

趙玉瑩喝了一大口水，深呼吸了一下才慢慢開口，她把自己在組織裡得到的情報以及現在的國內戰爭形勢都向唐十一說了，綜合起來只有一個結果：非走不可。

唐十一一直聽趙玉瑩講完了才開口，「謝謝妳告訴我這些，我明白了，謝謝妳還會想著我。」

「十一爺，你不光要明白，你要走。」趙玉瑩握著他的手，緊緊地盯著他的眼睛，幾乎是以哀求的語氣說道，「這是後天晚上到美國檀香山的船票，你一定要走，你一定要走！」

「我知道，船票我收下了，妳放心。」唐十一拍著她的手，忽然笑了，「小情人，再讓十一爺抱一抱好不好？」

趙玉瑩愣了，還沒來得及反應，唐十一已經一傾身環著她的肩了。他用力緊了緊手臂，從心底裡說出一句誠摯的話，「謝謝妳，謝謝妳！」

「……」趙玉瑩咬著嘴唇才沒讓自己哭出來，她閉上眼睛，也用力地點了點頭。

「哎，兩位，我還在呢。」

白文韜調侃的聲音從二樓欄杆上傳來，唐十一抬頭瞥了他一眼，對愣住了的趙玉瑩說：「不用管他，按入門先後，妳比他大。」

「唐十一！」白文韜臉紅耳熱地直跺腳，「趙小姐妳別聽他胡說！我才不是呢！」

趙玉瑩「噗哧」一下笑了，也知道自己該告辭了，「十一爺，我不能待太久，得走了。後天晚上九點，記住一定要走。」

「嗯。」唐十一模稜兩可地應了一聲。

送走了趙玉瑩，白文韜靠在樓梯口，居高臨下地看著唐十一，「你打算怎麼樣？」

「什麼怎麼樣？」唐十一冷著臉色往睡房走，經過白文韜身邊的時候，手臂被他拉住了。

「你走還是不走？」

「不走。」唐十一垂下眼簾，「你明知故問。」

「因為我打算讓你屈服一次。」白文韜捉住他的肩膀，逼他正視自己，「這次你要走，我們一起走！」

「我為什麼要走！」唐十一摔開白文韜的手，「我一輩子的打算就是要撐起廣州這片天，連日本人我都撐過去了，我為什麼要走！」

「就因為是中國人你才要走！」白文韜猛地喝斷他的話，「有日本人在的時候他們還會把矛頭對著外人，日本人都走了以後呢？你忘了是誰把你打得進醫院的了？你忘了那些來圍醫院的人？面前有兩條鐵軌，一邊綁著十個人一邊綁著一個人，你無論讓火車撞哪一邊，都會被活下來的那些人指責！這就是人心！你改變不了！」

唐十一眉頭深鎖，如果對方不是白文韜，他一定已經關門送客了。他忍著怒火咬著牙道：「你知道我做事，從來不想值得不值得。」

「如果我叫你去計較的話，你就該把我趕出去了。」白文韜捉住他的手，把他蜷成拳頭的手指一根根掰開來，「我只問你，你想不想跟我聽戲聽一輩子？」

「……想。」

「你想不想跟我鬥嘴鬥一輩子？」

「你那叫貧。」

「那你想不想跟我一起看春花秋月，夏荷冬雪？」白文韜終於把他的手指都掰開了，他把自己的手纏上去，壓到了自己胸口上，「我想跟你活下去，我想跟你長命百歲地活下去，直到你也老了，再也不能嘲笑我唱戲沒底氣。十一，我不問你留在廣州值不值得，我只問你，跟我走，你想不想？」

「……你不要逼我。」唐十一用力把他推開，捉住欄杆，指甲都扣進了木紋裡。

「我只是在問你想不想！」白文韜從後抱住他，把他掰了過來。

「我、我不能……」

「十一，你為廣州做得夠多了，夠好了。」白文韜緊緊地扣著他的手，「你以後就只為自己而活，只為我而活，好不好？」

唐十一愣了，白文韜又使勁搖著他追問了好幾次「好不好」。他苦笑一下，搖搖頭，「我什麼時候對你說過『不好』了？」

「嗯！」白文韜鬆了一口氣，把他擁進懷裡，「你還得多答應我一件事。」

「你怎麼那麼煩！」

「哎，我讓你教我英文而已啊！」白文韜扁嘴委屈道，「到了美國我這個文化人就口不能言目不識丁了！」

唐十一忍不住笑了，捏了下他的鼻子，「放心，十一爺養你。」

「君子一言！」白文韜猛地把他橫抱起來就往臥室跑。

「幹什麼！」

「養我當然得餵我啊！先來一頓！」

「白文韜！！！」

唐十一捨得離開廣州，但廣州不一定能讓他走。這兩天白天他依舊像平日一樣到萬匯，給員工結算好工資以後，宣布萬匯結業，然後又到茶樓去喝茶，好像只是準備退休一樣。到了傍晚，他才回到家裡去收拾東西，趁著夜色趕向碼頭。

為免顯眼，權叔他們坐較早一班船離開了。白文韜跟唐十一輕裝出發，沒拿什麼東西，兩人快步往碼頭趕。眼看長堤就在前方不遠，突然從路邊的草叢裡衝出來一群人，拿著手電筒往兩人身上一陣亂晃，「哈，還以為是什麼走私賊呢，原來是白局長跟唐老爺呢！」

白文韜定睛看清了來人，都是那些熟口熟面的流氓地痞，平常被白文韜教訓得狠，恐怕是來尋仇了，「讓開，我們趕路，不跟你們計較。」

「你不跟我們計較，我倒是要和你們算賬！」有人帶頭吼了起來，「你們這兩個大漢奸！走狗！賣國賊！打死他們我們就是民族英雄！」

「他們還幫日本人賣鴉片！毒害我們中國人！」

「我老爸就是抽鴉片死的！」

「他們還逼農民種鴉片！想餓死我們！」

「殺了他們！殺了他們！」

「砰」的一下槍聲讓叫囂得越發激動的流氓怔了一下，白文韜雙手舉槍，指著兩個叫得最歡的頭目大聲說道：「如果是其他人，我還會跟他們解釋解釋，你們?!一群地痞、流氓、亂民、暴民！我連解釋都懶了！來啊！你們有種就上來！我只有兩把槍二十四發子彈，你們推二十四個人來送死，其他人就能殺了我們當烈士了！來啊！誰要這份榮譽！誰來，我白文韜保證你們一槍爆頭死得痛痛快快！！！」

「你、你別那麼囂張！」那些人一下子就慫了，顫抖著腿腳想後退，卻又不能這麼丟臉地落跑，「我們那麼多人，你、你殺得完嗎！」

「我們兩人，你們死三個，我們就有賺了。」唐十一抱著雙臂冷笑，「就看你們當中誰願意用自己的命，成全別人的英雄名頭了。」

兩邊的人就這麼僵持著，白文韜不敢隨便開槍，他護著唐十一想要慢慢往碼頭走，他深知只要他一轉身，那群人就會發難撲過來。到時候就算真的開槍他們也不會怕，只會推別人來擋槍，等他們子彈打完，他們就真的完了。

唐十一扯著白文韜的衣角，慢慢往碼頭的方向移動，估算著兩人能不能跑得過去。一分鐘的時間在此刻都變得無比漫長，那些充滿自以為是的惡意的眼睛如狼似虎，每個人都恨不得把他們生吞活剝。

他們之中，或者就有人曾經在去年的冬天在防空洞裡吃過唐十一種出來的米；他們之中，或者就有人的子女被唐十一以學習日本文化為理由送到了香港澳門；然而此刻他們眼中的唐十一，依舊是最無恥最可恨的漢奸，依舊是最人人得而誅之的毒梟！

唐十一緩緩眨了一下眼睛，沒人看見他掉了一滴眼淚。

「文韜，最後留一顆子彈給我。」唐十一看見那些人眼中的憤恨已經慢慢超越恐懼，很快他們就要撲殺過來了，「往心臟打，我愛漂亮。」

「無論到哪，我都陪你。」白文韜鬆了鬆手指又握緊，手汗把槍柄都浸溼了。

頓時槍聲大作，卻不是白文韜的手槍發出的，那一串響亮有力的子彈射擊聲從海上的一艘船打過來，火力之猛嚇得那班流氓屁滾尿流，當下四散逃命。白文韜跟唐十一趕緊往碼頭跑了過去，但到了碼頭時卻又定住了腳步。

士兵，碼頭被一群穿著淺藍色軍服的士兵包圍了。兩人都沒見過這軍服，一時間不知道如何反應。

「各位兄弟，不知道你們長官是哪位？」白文韜覺得剛才那人既然出手相助，起碼暫時不會殺他們，便上前問道。

守在船前的士兵「唰唰」地從中間分開，自船上走下來一個人，同樣身穿淺藍色軍服。他走到兩人面前，一併腳，恭恭敬敬地行了一個軍禮，「司令！精兵營營長周傳希報到！」

「周、周傳希?!」唐十一驚訝地睜大眼睛，搭上他肩膀的手都是顫抖的，「周傳希！你沒死，你真的沒死！！！」

「多虧你那幾發顏料子彈，要不我就真死了。」周傳希朝同樣驚訝得說不出話來的白文韜打個招呼，「嘿！文韜！你就連欠我子彈也沒司令欠得多，看來你又輸了！」

「你們司令就從來沒輸過！」白文韜咧開嘴大笑了起來，他衝過來就把他攬住了，「周營長！！！有你的！！！」

「哎！幹嘛呢幹嘛呢！我有手下看著呢！」周傳希笑著推開他，跟白文韜解釋道：「當日司令朝我發了十二顆子彈，頭兩槍是真的，但他打空了，把我身邊的日本士兵嚇跑。後面的三發是顏料子彈，沒有火藥，裡頭是紅色染料，打中的是我的心口跟肝脾要害。剩下那七槍就要命了，都是真槍實彈，雖然打的都不是要害，但流血過多，也差點要了我的命。」

「其實我不敢想像你真的能活下來，我只能賭一賭。」唐十一面露慚愧之色，「謝謝你活下來了，我總算，總算少害一個人。」

「你謝謝趙玉瑩吧。當初我料到日本人會封鎖海面，所以讓她藏在樹林裡，待海面解封就走，但她聽到了槍聲，在你們都回去以後，把我撈上來了。」周傳希一邊說一邊讓開路，把他們接上船，「後來也是她，才讓我加入了軍隊，成為了華南抗日第三分區的隊長。」

「隊長，這官比你原來的小啊，屈才了！」白文韜才說完這玩笑，就被唐十一劈了一肘子。

「官大官小沒關係，最重要的是，我又當回軍人了。」周傳希往後退了幾步，跳下船，在岸上朝唐十一敬了個禮，「精兵營營長周傳希，最後任務完成，請唐司令檢查！」

「好，做得非常好。」唐十一強忍著眼淚，像檢閱士兵一樣大聲地回喊道，「精兵營營長周傳希領令！從今天起，解除職務，恢復平民！日後自奔前程，再不相干！

清楚了嗎！」

「清楚！」周傳希朗聲回答。

「文韜，讓船家開船吧。」唐十一側過臉去不讓人看見他哭了。白文韜意會，便走到船頭去吩咐船家開船。

馬達聲「轟轟」發動，船慢慢駛離碼頭，周傳希站得筆直的身影一直目送他們離開。突然，唐十一從懷裡掏出一樣東西，用盡全力扔到了岸上。

周傳希撿起那東西一看，卻是半塊黃金老虎兵符。

唐十一似乎用盡了全部的力氣去扔那兵符上岸，他踉蹌著倒退了一步，白文韜一把扶住他，他才沒跌倒。

濃黑的夜色，終於還是把一切吞沒了。

但是唐十一認得，遠處耀眼的紅光是愛群酒店，近一點連成一線的黃色光點是海珠河堤，那邊的綠光是平安戲院，現在是九點十五分，該上第二場戲了。

唐十一都認得，這片生他養他，造就了他，也差點毀滅了他的廣州城。

白文韜輕輕摟住他，安撫地撫著他的手臂，「沒事的，會好的，一切都會好的。」

「是，會好的。」唐十一抬起頭來，看著白文韜的眼睛裡滿是溫柔的光，「只要跟你一起，一切都好。」

他們這場戲，終究會湮沒在廣州人泛黃的記憶裡，但沒有關係。只要有你，總會再有重新開鑼的日子，永不謝幕。

——《無聲戲 1938 · 下》完

——《無聲戲 1938》全系列完

高寶書版集團
gobooks.com.tw

FH011

無聲戲1938・下

作　者　風花雪悅
繪　者　ALOKI
編　輯　林雨欣
校　對　薛怡冠
美術編輯　彭裕芳
排　版　彭立瑋
企　劃　李欣霓、黃子晏

發行人　朱凱蕾
出　版　朧月書版股份有限公司
Hazy Moon Publishing Co., Ltd
地　址　臺北市內湖區洲子街88號3樓
網　址　www.gobooks.com.tw
電　話　(02) 27992788
電　郵　readers@gobooks.com.tw（讀者服務部）
傳　真　出版部　(02) 27990909　行銷部 (02) 27993088
郵政劃撥　19394552
戶　名　英屬維京群島商高寶國際有限公司台灣分公司
發　行　希代多媒體書版股份有限公司 /Printed in Taiwan
初版日期　2021年12月

國家圖書館出版品預行編目(CIP)資料

無聲戲1938 / 風花雪悅著.-- 初版. -- 臺北市：朧月書版股份有限公司出版：英屬維京群島商高寶國際有限公司台灣分公司發行, 2021.12-
面；　公分. --

ISBN 978-986-06814-5-1(下冊：平裝)

857.7　　110014499